过香河

张楚 著

七篇

百花文艺出版社
天津出版传媒集团

图书在版编目（CIP）数据

过香河 / 张楚著. -- 天津：百花文艺出版社，2021.1
（百花中篇小说丛书）
ISBN 978-7-5306-8059-9

Ⅰ. ①过… Ⅱ. ①张… Ⅲ. ①中篇小说-中国-当代 Ⅳ. ①I247.5

中国版本图书馆 CIP 数据核字(2020)第 257438 号

过香河
GUO XIANGHE
张楚 著

出 版 人：薛印胜 **选题策划：**汪惠仁
编辑统筹：徐福伟 **责任编辑：**齐红霞
装帧设计：任 彦 **特约编辑：**王亚爽
出版发行：百花文艺出版社
地址：天津市和平区西康路 35 号 **邮编：**300051
电话传真：+86-22-23332651（发行部）
+86-22-23332656（总编室）
+86-22-23332478（邮购部）
网址：http://www.baihuawenyi.com
印刷：山东临沂新华印刷物流集团有限责任公司
开本：700×980 毫米 1/32
字数：42 千字
印张：4
版次：2021 年 1 月第 1 版
印次：2021 年 1 月第 1 次印刷
定价：28.00元

如有印装质量问题，请与山东临沂新华印刷物流集团有限责任公司联系调换
地址：山东省临沂市高新技术产业开发区新华路 1 号
电话：(0539)2925659 邮编：276017

张楚 / 作者

在《人民文学》《收获》《十月》等杂志发表过小说，出版小说集《七根孔雀羽毛》《夜是怎样黑下来的》《野象小姐》《在云落》《中年妇女恋爱史》等。曾获鲁迅文学奖、百花文学奖、郁达夫小说奖、孙犁文学奖、林斤澜短篇小说奖、华语青年作家奖等奖项。现为天津作协专业作家。

一

过了香河收费站，还不能说是出了河北。在香河跟白鹿之间有个西集检测站，验完行车本、身份证、保险单，拿到进京证，才算真正入了京城。在验行车本时，那位斜眼女士发现蜜蜜有两次违章没有缴纳罚款。真他妈倒霉，蜜蜜扭过头问，舅，你带现金没？我忘了带钱包。我说我身上一毛钱都没有。蜜蜜皱着眉头摊了摊手，妈的，银行卡里也没钱了。我瞥了瞥蜜蜜，用微信替他缴了罚款。×！他往地上啐了口痰，又擤了把鼻涕，抬脚在鞋帮处抹了两抹。

我们上了车，他的车。他的车是辆白色宝马。我向来对车没什么概念，在我看来，这辆昂贵的宝马还没有那种银灰色的普通大众漂亮。他开得很快，当然并没有超速。收音机里放着相声，老相声。老相声演员跟一些说相声的演员有些不同，声气里少油腔滑调，仿佛穿了很久的长袍马褂。高速路两侧的树木恍惚拱了苞芽，又恍惚没有。以后跟老艾说话注意点，我递给他支红梅烟，清了清嗓子，想了想说，蜜蜜你也老大不小了，哪儿能说话没把门儿的？

叫我叶密，舅，他睃我一眼，跟你们说多少遍了，别再叫我蜜蜜，你们老也记不住！

好的，蜜蜜。

你不知道她多气人，蜜蜜说，我怀疑她得了老年痴呆。哪天把她送进敬老院，我也彻底省心了。他吧嗒了两口过滤嘴，灭了，我赶紧又掏打火机，袜子、内裤好好的，没漏没洞，你扔了，她捡回来洗洗涮涮，不照样穿？你寻思你真是土豪地主？那是一次性的，蜜蜜撇了撇嘴，再说了，都扔垃圾箱了她还乌鸦似的叼回来，恶心不？卫生不？那你也不该骂她老不死的，我说，你好歹也是大学毕业。我那算啥狗屁大学，他挠了挠头说，我光顾着练吉他、打篮球了，英语四级都是花钱雇枪手考的。那你至少算个艺术家了？我打趣他。我艺术家？屁。他顿了顿说，不过，我吉他弹得还行。

我没再说话，偏头看他。他的脸比丝瓜短点，三层眼皮，每隔两秒他的眼睛就以蜥蜴岔舌吞噬昆虫的速度眨一眨。他从初中就这样眨，一晃都眨了快二十年。初始以为是眼疾，老艾和老叶带他去县医院。医生说，人哪，每天都在不停地眨眼，正常人呢，一分钟眨十次到二十次，去掉睡眠时间，一个人一天要眨眼一万次左右，眨一次眼就跟擦一次玻璃窗一样，能使眼睛保持清洁，而且，闭上眼皮时可以预防光线不断地进入瞳孔，眼底的视网膜能暂时休息下。

老艾和老叶没料到眨眼还有这么多学问，他们拿着医生开的眼药水回了家，每隔俩小时就将蜜蜜按在炕上，将眼泪般的透明液体小心地滴进他的眼皮。点了七天药水，蜜蜜还是不停地眨眼。老艾和老叶又带他去北京儿童医院，排了两天队也没挂上号，干脆带着蜜蜜去动物园看蟒蛇看孔雀，还看了熊猫跟河马，然后蜜蜜手里攥着棉花糖一家人坐着绿皮火车回云落了。

有很长一段时间，蜜蜜的眼睛恢复了正常。所谓的正常，就是从前一秒眨两次，后来两秒眨一次。我们都眨眼，只不过他比我们着急，我记得当时老叶说，只要不把它当病，它就不是个病，况且，医生不是说了嘛，眨眼相当于擦玻璃，越擦越亮堂，是好事呢。既然老叶这么说了，老艾也就这么信了。反正无论老叶说什么，老艾基本上都认为是对的。老叶从部队转业后在村里当过两届妇女主任，专门负责超生妇女的计划生育工作。他最得意的是，不动刀枪就打消了李根旺老婆再次怀孕的念头。她已经生了四个女孩。

前几天，我把电脑纸箱扔了，蜜蜜说，她也不嫌累，那天正赶上停电维修，她吭哧吭哧地抱着纸箱爬到十三楼，浑身的臭汗。还把纸箱藏进我办公室的卫生间。你说我的员工们怎么想？老板连瓶瓶罐罐、破箱子破鞋都攒着卖破烂，还能发啥大财！我随便损了她两句，她就哭哭啼啼。她眼泪咋恁便宜呢？

你不是还没招聘员工吗？你那能叫随便损两句吗？又是傻子又是白痴的，也就是老艾，换成我，大巴掌早扇过去了。我抬起胳膊朝着空气猛烈扇了两下，正手一下反手一下。他肩膀抖了抖，方向盘一歪，车差点撞上高速护栏。舅啊，我满肚子苦水，只是没处倒，你哪天有空了，我陪你喝两盅？他笑着瞥我两眼，你们学校离我家太远，不然让我女朋友天天给你炖牛肉、蒸海鲜。

我忙得很。我不爱吃海鲜。

忙啥啊？你快五十岁了吧舅？咋想起辞职来进修了？还学的编剧。编剧是啥玩意儿？编瞎话？编一集瞎话多少钱？啥？一线编剧每集三十万元？啧啧，五十集就是一千五百万元，扣税还剩下……一千两百万元。靠！他踩了踩刹车，望着我说，这买卖不赖啊！比卖手机膜利润大。

好好开你的车，蜜蜜。

叫我叶密，舅，叫我叶密。

他并没有生气，不过他努力显出生气的模样。他一生气，特别像《海绵宝宝》里的章鱼哥。这孩子从小就长得老，不过，嫩丝瓜和老丝瓜还是有区别的。他的眼角也有皱纹了。他眨眼的频率也比以前更频繁了。

即便是私下场合，他也不愿意我们管他叫蜜蜜了。

二

蜜蜜叫叶蜜蜜。蜜蜜是老艾和老叶的儿子。老艾是我老姑的大闺女。老艾生了龙凤胎，大的是女孩，叫叶甜甜；小的是男孩，叫叶蜜蜜。叶甜甜很皮，十岁那年偷着去河里洗澡，淹死了。那段日子，老艾差点把眼哭瞎了。老叶呢，患了恐水症，从河边走哆嗦，看到水缸哆嗦，喝口水也哆嗦，当然水不能不喝，不过后来他再也不洗澡了。冬天还好，夏天老叶穿行在村庄的葬礼或婚礼上，犹如随身携带着简易垃圾箱，都是老艾趁他睡着了，偷偷地给他擦胳膊擦屁股。叶蜜蜜当时倒没什么，闷了几天，该吃吃该喝喝，照样鼓捣他的收音机。

他打小就喜欢收音机，一开始听中央台的小喇叭,后来听单田芳的《白眉大侠》,再后来就拆了收音机,将零件卸得七零八落,关键是卸了他还能装起来。我们当时都对这个长得比水芹还细的男孩抱了无限的幻想，他让我们想起历史课本中的瓦特，想起爱迪生,我们都以为我们的后辈中总算要出个人物了,即便不能是爱迪生那样的大人物,好歹也能到大型国有企业里当名工程师。可蜜蜜长大后只考上了普通本科,学的机电,却天天打篮球,要不就抱着吉他唱民谣,还组了支乐队,乐队的名字叫"夏天的云梯"。据说毕业前他们举办过一场校园演唱会。我从没见过他在舞台上的样子,按照他的说法,那至少是他人生的高光时刻之一。当他在空旷庞大的舞台上唱那首Beyond的《海阔天空》时,透过冒着煳味的烫过的棕色鬈发,他看到黑暗中渺小的人们举着手机,一束束的光捅向夜空,犹如无数把《星球大战》里的激光剑，在无边的夜幕上写着激昂的情诗。当“情诗”两个字从他的厚嘴唇里哆嗦出来时，他的眼睛以暗夜闪电劈过旷野的速度眨了两眨。

毕业后他去北京混日子。我搞不懂为何这些孩子都喜欢到北京扎堆，哪怕住地下室吃咸菜，哪怕送快递送外卖。那时我还在县城里当公务员，跟他来往稀松。我向来对年轻人的热忱充满了怀疑。我似乎从来没有年轻过。按照蜜蜜的说法，他在北京饭店的后厨切过菜，能将土豆丝切得比银线还细，要不是老被一名住房部的胖阿姨骚扰，没准早混成凉拼了。那可是北京饭店啊！他眯着眼说。可据我所知，那是家很老旧的饭店了，除了离王府井和天安门近些，菜不见得比胡同里的苍蝇馆好吃。

据他说，还在后海的阁楼酒吧里当过驻唱，一小时七十八元，唱到后半夜他感觉嗓子都冒烟了，如果不是不想跟那个专唱法语情歌、长得貌似黑猩猩的海拉尔姑娘纠缠，他极有可能也会在后海开酒吧，专门卖浏阳河威士忌和驻马店生产的传教士啤酒，“一瓶进价五十元的洋酒卖一千五百元！”总之，当他叙述起那些年的北漂日子时，眨眼的次数比平时缓慢了些许，仿佛沉淀的、灰颓的时光给他的眼皮打了针镇静剂。

他还在海淀新中关大厦前，也就是十号线海淀黄庄B出口的空地上卖过唱。在我印象里，那里基本上都是抱着孩子卖假发票的、手工擦鞋的、贴廉价手机膜的，还有就是衣冠楚楚、神态自若的小偷。可蜜蜜说，那里是高校区，谈笑有鸿儒往来无白丁，他都唱英文歌，他的英语发音就像是平翘舌不分的南方人说普通话，不过他照样吸引了很多音乐爱好者。“美妙的嗓音是爱的通行证”，那时候微信流行，他跟他的粉丝建了个群，群有个风骚甜美的名字，叫“蜜汁源”。蜜汁源群顶峰时期人数曾达到两百〇三人。他不定期在群里发布演唱的时间和地点，以及他PS了无数遍的照片，照片里的他总是戴副黑色墨镜，头顶上是墨西哥宽檐草帽，吉他扛在肩膀上，总之看起来像位郁悒的盲诗人。而他的那些歌迷，即便是下大雪，也会撑着伞将他围圈起来，默默地听他唱贾斯汀、山羊皮乐队或枪炮与玫瑰乐队的老歌。多年后那个群依然没有解散，不过没有人在里面讲话。按照蜜蜜的说法，那仿佛是块肃静的墓地，既然是墓地，当然不需要聒噪的赞美诗，也不需要早已死亡的上帝。

你知道吗舅，蜜蜜有次说，我过得苦呀，你想都不敢想！为了省房租，我在地下室跟对情侣合租，一间房，十平方米，还是张双人床。两男一女挤一张床,幸福吧?我们在墙上钉了根铁丝,睡觉时就把布帘拉上。布帘上有四个戴红头套、穿蓝色紧身裤的蜘蛛侠,他们分别朝上下左右四个方向爬,灯熄灭了,还在不知疲倦地爬。要是他们吐的蜘蛛丝能堵住我耳朵就好了。为啥不买耳塞?难道买了耳塞就感觉不到床铺像海啸时的波浪那样咆哮吗?妈的,那个推销假药的重庆小子又黑又瘦又矬,咋就那么能折腾!……舅啊,我就是那时患上失眠症的。

舅啊,你知道失眠有多难受吗?

眼睁睁看着天黑下来,眼睁睁看着天亮起来。

他可能不知道,我也有失眠症,只不过,比他初到北京的日子幸运些,我有张属于自己的单人弹簧床。那张床也老了,哪怕是打个喷嚏,也要等着楼下投诉。我辞了公职,跑到这个在儿歌里咏唱过的地方,住在一所比麻雀肠子还细的学校里,念狗屁编剧班，在我那些亲戚看来，也许比蜜蜜强不了多少。用老艾的话来讲，就是人要死活不肯过好日子，连菩萨也劝不住。不过你一个人，在哪里都一样，怎么欢喜了怎么来吧，老叶安慰我说，实在混不下去，就找蜜蜜。放心，蜜蜜哪怕只有半碗饭，也不会让他老舅饿着！老叶说完干了盅二锅头。你看，说不定我比蜜蜜还不如。

我那时才晓得蜜蜜在北京过得不错。初到北京时，他约我在国贸地下餐厅吃贵州跑山鸡。我等了很久，才看到他晃着比火鸡还长的脖子进来。他套件黑色敞领翻毛飞行员夹克，夹克有些短，这显得他的腿跟鹭鸶似的；他脖子上挂着条粗金链，看成色即便在澡堂子里泡澡也漂不起来；脚上呢，是双没脚踝的油亮皮靴。总之他把自己打扮得像东北那片的直播歌手。他快速眨着眼，大声呼喊着我的名字，犹如欧洲人见面般热烈地拥抱着我，又长辈似的拍拍我的肩膀，说，胖了，胖了。他跷着腿点了跑山鸡，点了糟辣脆皮鱼，点了稻草烧鲫鱼，还点了锅苗寨酸汤鱼。他不停地给我夹菜，盯着我囫囵着吞咽。当我不停地打着饱嗝儿时，他眨着眼说，舅啊，我带你到房子里看看。

你在北京买房了？我惊讶地盯着他，在哪里买的？哎，三环内的房价比纽约都贵，我在通州买的，不大，一百八十平方米，够我住了。

他似乎在期待着我继续问点别的。我没问。至于他怎么赚的钱，我也没问。他有些失望地扫我两眼，舅啊，你胃口真好，要不我再给你扤碗鸡汤？

当我跟他到地下停车场时，才发现他是骑摩托车来的。那是辆黑色宝马摩托，看上去手扶拖拉机那么庞大，当他干瘪的屁股骑上座位时，仿佛一枚五十毫米的麻花钉钉到了铝合金窗上,从车玻璃挡板看过去,他只露个扁蚂蚱似的狭长脑袋。我很严肃地劝他晚上最好别骑摩托出行。他问为啥,我说,路人远远瞅着一根细丝瓜架车把上,没上身,也没下身,会吓死的。他愣愣地看着我,半晌儿才说,舅啊,你幽默起来挺瘆人的。我说,让你意外的事多着呢。他拍了拍后座说,上来吧,带你兜兜风。你们这些老人家,肯定没体验过心率一百五十的感觉。

那天我确实体验到了心率一百五十的感觉。不仅如此,还体验到了什么是心率过缓。当他将房间墙壁上的储物柜挨个儿打开时,我看到了整齐如键盘的白色方格,每个格子里都有双鞋,像是每个佛龛里都供着尊佛像。鞋是新鞋,只不过搁置的时间长了,难免鞋面上落着灰尘。我从小就喜欢这个牌子,现在总算把一九九六年到二〇一六年所有款式、所有颜色的纪念版收齐了，他摸着下巴上的两根胡子问，咋样？我问，你要开网店吗？他“嘁”了一声，那些收集老照片、收集黑胶唱片的，是为了卖钱？那叫精神享受。我不禁瞅了瞅他的脚。他小时候都穿布鞋，会干农活了，鞋的款式才多起来：玉米地施肥时穿老叶攒的部队绿胶鞋、稻田里间稗草时穿两元五角一双从集市买的塑料拖鞋、雨后搁扶被风吹倒的高粱时穿过膝的黑雨靴。高三时我给他买过“双星牌”球鞋，他穿了整整半年，腊七腊八脚都冻皲裂还不舍得脱。

过几天我妈就来了，给我和员工们做饭。他将储物柜的门一扇一扇小心关紧，我才察觉柜角都贴着标签，标签上写着年份、尺码与产地，印度尼西亚、越南、土耳其、罗马尼亚、菲律宾……手写的，字侉大侉大的。这么多年了，这孩子的字还那么丑，但写得很认真，丑得非常一致。

据说，老艾第一次去蜜蜜那里颇费了番周折。她先从周庄村头坐短途汽车到县城，从县城坐长途汽车到市里的东站，再从东站坐2路公交车到火车西站，然后坐一个半小时的高铁抵达北京南站。她不会坐地铁，蜜蜜叮嘱她直接打车，到蜜蜜的公寓花了一百三十多元。老艾可能没想到出租车费那么贵，她面色通红地说，咱们县城的赵四烧鸡才四十二元一只，这……三只烧鸡就没了？蜜蜜知道她对烧鸡情有独钟，知道赵四烧鸡对她而言不啻另外一种货币，他对老艾抱怨似的疑问并未介意，他穿着条纹睡衣睡裤趿拉着拖鞋悠闲地领着老艾参观完自己的卧室和办公室，又领着老艾参观未来员工们的办公室、卫生间、厨房和储物间。当然，他的员工们都还在某个不知名的地方等待着他的呼唤，此时连一个人影也没有。

那天阳光不错，老艾走在一间又一间明亮的房间里，房间里飞舞着宁静的灰尘，窗台上摆放着盛开的紫色满天星，这一切让她的眼眶渐渐潮湿起来。她不停地嘟嘟囔囔，至于嘟囔了什么蜜蜜半句都没听清。后来老艾扶着门把手问，我住在哪里呢？蜜蜜一愣，他竟把最重要的事情忘记了，可他毕竟从小拆过二十多台收音机，他说，妈啊，你住我卧室，我住办公室。老艾说，那王如云来了怎么办？蜜蜜咧嘴盯着老艾说，妈呀，我现在是单身狗。老艾笑着问，咋，为了养狗不要女朋友了？蜜蜜说，妈呀，王如云被我踹了。我俩分了。

老艾瞪着蜜蜜，不晓得说什么才好。后来老艾跟我叨叨，她觉得特别对不起王如云。王如云是北京延庆的姑娘，以前跟蜜蜜是同事。王如云脸大眼大，身坯大，手脚也大，老艾第一眼就看上了，觉得这姑娘干活肯定是把好手。那年春节王如云在老艾家住了三天，头天晚上烧的土炕，有些倒烟，老艾听到王如云咳嗽了半宿，晨起时眼睛比巨型安哥拉兔还红，心里不落忍，从兜里踅摸半天，好歹掏出两百六十元，让王如云和蜜蜜晚上去镇上住旅馆。王如云说，阿姨，我没您想得那么娇嫩。于是老艾当天让村里的铁匠和水暖工安装了两组暖气，又从她妯娌那里背过来半袋大同煤块。刷碗也不用老艾，王如云那蒲扇大手三两下就将碗底的油渍蹭得干干净净，连丝瓜瓤都省了。没事了也不多言不多语，坐在炕沿上嗑瓜子看各地方台的春节联欢晚会。人家可是北京姑娘呢，老艾跟我说，半点架子也没有，听说听道。王如云还为蜜蜜堕过胎。本来老艾老叶想那年将婚事办了，可蜜蜜死活不同意。你个王八羔子！

有啥洋气的！人家是北京户口，家里有房有车，你咋就不开窍！老艾骂了一上午，骂也就骂了，蜜蜜只是坐椅子上用手机打游戏。他打游戏时，眼就眨得慢。老艾喜欢蜜蜜打游戏。

如今竟然不要王如云了，老艾觉得无论如何都说不过去。翌日天还没亮，老艾就从床上爬起来，蹑手蹑脚去厨房给蜜蜜做早餐。蜜蜜最爱吃煎柴鸡蛋，八成熟，上面涂层老艾春天做的酸豆酱，再涂层蒜蓉汁。做完早餐老艾去洗漱，才发现唇角生了排细密的水疱。据老艾说，她想了两天，才鼓足勇气给我打电话。在她看来，亲戚中只有我混过仕途，当过股长，发展过党员，做过上访户的思想工作。我是出面劝慰蜜蜜最合适的人选。我对老艾说，年轻人的事我们不要管，管也白管。你当初要死要活，偏要嫁给老叶，我姑父用皮带抽你，我姑戴着顶针掐你，你不照样没松口？恋爱中的男女，做烈士的心都有；分了手的男女，做杀手的心都有。

老艾就不说话了。可能老艾没想到我会把话说这么绝对。她的沉默让我有点心疼。我说，哪天我去蜜蜜那儿看看你吧，咱姐弟俩喝点小酒，我这里还有瓶陈年茅台。老艾这才结结巴巴地说，弟啊，我忌酒了，糖尿病，血糖九点多。我劝她注意饮食，水果少吃，含糖的饮料也别喝了，胰岛素该打就打，别舍不得。她心不在焉地嗯嗯啊啊。后来才知道她嫌每年两百元的农村合作医疗费太贵，根本就没交。

我记得以前老艾有事没事就喝红糖水，一茶缸一茶缸地喝，咕咚咕咚地喝，像是三伏天里饥渴的骡子。

三

虽说要去看老艾，可一次都没去成。初春我搬了次家。以前我住在学校南区宿舍，后来房子被收回，将我安置到北区的一栋筒子楼。那栋楼大概也有三十多年了，屋内没有厕所也没有洗漱间，晨起要排队方便、洗漱。我的新室友是山东人，青岛四方区的，学的中国古代美术史。他长得也特别像古画里的人，细眉细眼，溜肩长臂，住了几天，发现他颇有雅士风范，是个难得的慢性子。

他的慢反映在方方面面，比如起床，他先要抱着那个长约一米的棕色维尼小熊抱枕苏醒十分钟，然后才磨磨蹭蹭穿衣服，下床后他会茫然地盯着书桌，一盯就是半天，不晓得是在整理日间的行程还是在回味昨晚的梦境。当我吃完早餐回来,他开始洗脸。洗脸要用洗面奶,他会耐心地用掌心来来回回地蹭着鼻头、下颌、双腮、额头和尖耳朵,他把脸洗完了,我在图书馆都看了半个小时的书了。等他洗完脸、如完厕,会从衣柜里挑选衣服,如果觉得裤子和上衣不搭配,他就会陷入选择困难症。这倒没什么,主要是当他发现换掉的那条裤子上有块栗子大的油点时,他会想到洗衣服。等把衣服泡好,发现洗衣粉又没有了,于是,他穿着拖鞋去学校南区的日用品商店买洗衣粉。

而他人缘那么好,在去商店的路上,会遇到读本科时就认识的打扫卫生的大爷(这个大爷被解雇过,然后又被聘用)、食堂卖北京炸酱面和河南烩面的大姨(他加了她的微信,据他判断,大姨的丈夫应该在人民大会堂当保安)、刚从芝加哥交换回国的师弟（师弟的一位美女同乡在民族大学读硕士，长得很像明星）以及篮球场认识的经管系球友……当然这样也挺好的，只不过他的时间总是不够用，而且有时时间难免发生错位，比如他最近一件麻烦的事情就是，记错了雅思考试的时间。他以为是十四号，结果是四号，当十天后发现这个事实时，他多少有些懊恼，报雅思的两千元白交了。为了安慰自己，他只好重新报了名。为了庆祝重新报名成功，他决定和女友去泰国旅行。

我给他起了个绰号，叫“蜗牛”，不过思来想去这个称呼也不是很合适。再说了，一个无聊的中年人给二十多岁的小伙子起绰号，显得有些为老不尊。不管怎样，自从跟蜗牛同居一室后，我发现自己原来是电影中的闪电侠，这让我挺骄傲的，无论上课还是在图书馆自修，都有种偷盗了他人时间的喜悦。那套十二册的《维特根斯坦全集》我早就不读了，我觉得没有必要再折磨自己，不能因为读哲学书再去研究概率和线性代数，再说即便将概率和线性代数学透彻了，也不一定能把维特根斯坦的话弄懂。我倒是对他的身世很感兴趣，他的父亲卡尔·维特根斯坦是奥地利钢铁工业巨头，母亲莱奥波迪内是哈耶克外祖父的姑表妹。一九〇三年，维特根斯坦前往林茨的一所技校学习，同学里有个人叫阿道夫·希特勒。维特根斯坦跟蜜蜜一样，从小爱好机械与技术，十岁时就制作过一台简单实用的缝纫机。

当蜜蜜在学校里组建乐队吟唱着风花雪月时，十九岁的维特根斯坦已经到曼彻斯特维多利亚大学攻读航空工程空气动力学学位。据说为了彻底搞清螺旋桨的原理，同时出于对数学基础的兴趣，维特根斯坦阅读了弗雷格的《算术基础》……然后，他去拜访弗雷格，并且听从了弗雷格的建议，又去拜访了罗素，剩下的事情我们大概都知道，罗素是这样赞美他的："他对哲学具有比我更多的激情；他的是雪崩，相形之下的我似乎只是雪球。""一战"期间，维特根斯坦在战场上完成了《逻辑哲学论》初稿。他认为所谓的哲学问题已被解决，了无生趣，就去小学教书。这是个一直处于"主动性"的人，在这点上，他跟我有点八字不合，总是超出我的思维边界。

这样我放弃了维特根斯坦，开始读威廉·福克纳。有时我将那本让人头疼的《押沙龙，押沙龙！》扣在桌面上，呆呆望着窗外。窗外是那种北方常见的白杨树。青白色的皮，盘旋着上升的树瘤和笔直的枝条让叶子的响声显得格外透亮，我常常以为外面在下雨，而当我将目光投向窗外，只不过是春风拂过，那些绿油油散发着清苦味道的叶片哗啦哗啦地响着，同时泛着白亮耀眼的光芒。

我当初来这里，只是不知道我还能干点什么。我对写剧本一无所知，兴趣也不大，上这个学凭的是在单位写材料的一点基础。不过我知道，这是个赚钱的行当，当然，也是个杀人的行当。要想老老实实写出来，大概相当于让老叶去当省长或书记。后来我不再追查所谓的“意义”了，人没死，总要干点事，无论这事我喜不喜欢。世界的意义必定在世界之外。这样，我如往日那样听课、蹭课、翘课或者逃课，那天我正在听国学院的老头讲八卦乾坤，蜜蜜来电话了。他说他要住院了，能不能陪几天床。我问老艾和老叶呢，他支支吾吾地说，他们都在老家。我问王如云呢，蜜蜜说，舅啊，如今她是猫，我是老鼠。

当我见到蜜蜜时，他裹件猩红色运动服躺在雪白的病床上，仿若才端出烤箱的南美对虾。蜜蜜换了半月板，那块他从来没有在乎过的骨头变成了块金属。幸亏他还没有从公司正式离职，住院的费用公司给报销。我妈不管我了，蜜蜜哭丧着脸说，我妈跟王如云见了面。她俩去吃了顿卤煮，还每人喝了两瓶小二锅头。我说，老艾不是忌酒了吗？蜜蜜说，架不住王如云哭啊。王如云啥话也不说，灌口酒，哭一阵。哭一阵，灌口酒。我妈就劝，劝了半天屁事也不顶。你也知道我妈心比海绵还软，最见不得别人伤心。她就陪着王如云喝呗，开始用酒杯，后来就吹酒瓶。两人都喝高了，王如云抱着我妈哭，我妈也哭。你知道我妈哭起来，声音比土狼叫还瘆人，把服务员吓坏了。劝也劝不住，老板娘就来劝，还是劝不住，老板就来了。老板看见桌上的两屉庆丰包子吃光了，炒肝也吃干净了，就劝她俩回家。王如云哼唧哼唧还是哭，老板就报了警。我就把我妈领回来了。我妈骂我狼心狗肺，我骂她软柿子。她一生气就跑回老家了。舍不得打出租车，还问我去火车站咋坐地铁。我这膝盖坏了，要动手术，前几天给她打电话，她说田里活多，忙不过来，自己不来还不让我爸来。啥玩意儿！

我说你这就叫报应，明知道膝盖有旧伤，还偏去打篮球；明知道你妈心软，还偏让她去会王如云。你要是再骂你妈，我也不管你了，屎尿都拉在病床上也不管。蜜蜜不吭声了，别过头去。他旁边的病床上是个女孩，竖着耳朵听我们讲话。我看到蜜蜜的眼眨得像蜻蜓振翅膀。

蜜蜜还没出院，老叶先从云落过来了。他不光自己过来，还带了三罐酸酱、五棵发臭的酸菜、十斤剥好了的花生米和十五个煺了毛的猪蹄。反正他把蜜蜜的冰箱保鲜层都塞满了。他当兵时任过伙食班的班长,擅长挥舞着铁锹炒大锅菜,其实呢,他炒的小灶更香,尤其是炖肘子和熘肝尖。肘子火候大了容易炖烂炖飞,熘肝尖火候小了容易熘嫩浸血。老叶平时不下厨,只过年过节才系上围裙露两手。这两手也就够了, 肘子才端上桌就被客人抢光了,他们通常给他剩两片散发着油光和蒜香的猪肝。老叶年轻时见过来自五湖四海的人,人到中年时跑过乌鲁木齐和银川的大货车,走到哪里都不发怵。他下了火车后没有打出租,而是买了张《北京市交通地图》, 从衣兜里掏出那支笔尖快磨秃了的永生牌钢笔,戴着花镜勾勒了一条地铁路线。他事先准备了一元硬币,顺利地买了票,然后背着那个沉甸甸的尿素袋上了地铁。当他推开病房的门站在蜜蜜跟我面前时,我们都惊呆了。那年北京的春天老下雨,细细的，密密的，这让老叶仿佛是个走夜路掉进河里的旅人，眉角、发梢和脸庞湿漉漉的，衣角和裤脚滴答着水。你个臭小子，该好了吧？他笑嘻嘻地盯着蜜蜜说，你老寻思自己是美国梦之队的队员，其实呢，他掏出三元一盒的三塔牌香烟在鼻孔下嗅了嗅，打了个喷嚏，说，其实不过是咱们村篮球队的水平，还是替补的。

老叶陪蜜蜜住了半个月，老艾才来。老艾拉着张老脸，唇角弯垂，行动迟缓。我妈像不像慈禧太后？蜜蜜挤咕着眼说，她寻思自个儿掌管六宫呢！瞧她那件毛衣，穿了三十年，绒球都磨秃了，还不下架，我从高端百货商场给她买了件豹纹真丝女式上衣，她竟然说比家里炕上的那条床单还丑，我真服了她！蜜蜜嘴不闲着，眼也不闲着，他盯着老艾拿块用内裤裁剪的抹布擦了他的办公室，擦了他的卧室，擦了他未来员工的办公室和厨房，又去擦马桶。你就不能闲会儿？鬼似的飘来飘去，我头都被你晃晕了。老艾瞄他一眼，将抹布用热水烫，用洗衣粉搓，然后搬了家用折叠梯擦客厅的灯管。老叶！我听到老艾恶狠狠地喊道，没眼力见儿，快来帮我扶着！老叶就将手里那只刚煺完毛的白条鸡扔水池里，小跑着过来，一只手扶着梯子，一只手攥住老艾比斑马还细的小腿。手洗了没？老艾皱着眉头嚷，你把我裤脚都攥湿了。老叶慢条斯理地说，没洗，我刚把鸡粪掏出来。老艾站在梯子上俯瞰着我们，犹如圣母在云端俯瞰着受难的众生。我听到她冷冷地说，他们爷儿俩的心啊，真是比老鸹都黑。然后，她的目光热切地打在我身上。

我就点点头。老艾发牢骚的时候，我就点点头。

四

那年春天，我的蜗牛室友真的跟他女朋友去泰国旅行了。他们去了一个礼拜。等蜗牛爬回来，黑亮黑亮的，动作似乎更迟缓。他打开那个睡袋似的长条行李包，一件一件往外掏衣物，等把衣物叠好，都夜里十二点了。要帮忙吗？他笑笑说，不用大哥，我自己来。他似乎很介意别人碰他的东西，哪怕只是双鞋帮被海水浸泡过的鞋子。我的手机掉海里了，哎，他用纸巾将鞋面擦干净，打了鞋油，用刷子来来回回地蹭，我想他至少蹭了有六百下。等那双鞋子亮得刺人眼时，他哎呀了声，我的那双凉拖丢在芭提雅的宾馆里了……哦，除了凉拖，还有我给你买的泰丝领带，从普吉岛买的呢。他说话时眼睛无辜地盯着我,仿佛是我弄丢了领带。出于礼貌,我随口问了句他们在泰国的行程，他就絮絮叨叨地说起来,他的语速比平常人的语速要慢一半,等我睡着时他还在慢慢腾腾地诉说着他们在芭提雅碰到的不靠谱的导游。我迷迷糊糊地想,他能安全地活到这么大,真是不容易。以后过十字路口的时候,千万记得拽他一把。

那天蜜蜜说要带着老艾和老叶来学校看我。我说太远了,比从北京到老家的时间还要长。蜜蜜说,不是我要看你,是老艾和老叶,其实也不是老叶,主要是老艾。她老不放心你,怕你老了,再学坏了。我说那就来吧,我请你们吃潮汕牛肉火锅。蜜蜜嘿嘿笑着说,你没给我找个舅妈吗?我说你再贫嘴,就用锤子把你另外那条腿的半月板也敲碎。

他们还是让我吃了一惊，来的不光是老艾全

家，还有王如云。蜜蜜什么也没说，王如云倒是很客气，舅舅舅舅地喊着，仿佛喊了几十年。老艾的那张圆脸时不时挤出丝微笑，然后时不时地瞥蜜蜜两眼。我就知道了，王如云肯定是老艾带过来的。老叶身上的味道没那么浓重了，看来老艾在他睡着时替他擦了身。

为了以示隆重，我叫了蜗牛和另外两位同学，那两位要去北京大学听讲座，这样，只有我们六人围绕着那张十人台的转桌稀稀拉拉坐好，等着锅里的水滚开。老艾似乎对蜗牛印象不错，问他是哪里人、多大、父母做啥工作的、读的啥专业、以后是留在北京还是回老家。蜗牛都郑重地一一作答。他标准的普通话和低音炮般的男中音让老艾更是喜欢了，又问他有没有女朋友、女朋友是干啥的、父母是干啥的。蜗牛还没应答，蜜蜜说，妈，你要做媒啊？老艾说，这么好的小伙子，能当回媒人也是福气。蜜蜜说，人家是研究生，将来留北京的，你还要给人家介绍个咱们村的姑娘吗？老艾愣了愣，羞涩地说，哎，咱们村里的姑娘，怎配得上他呢？蜗牛这才说自己有女朋友，也在读硕士。老艾就略显惋惜地盯着蜗牛说，哎，要是甜甜还活着……一提到甜甜，老叶就哆嗦起来，我赶紧给老艾递了个眼色，老艾小女孩般垂着头，看着滚烫的锅底里冒出的红辣椒发呆。

那顿饭吃得很慢。话题大都围着蜜蜜马上要开张的公司展开。蜜蜜说公司在工商局办了营业执照，税务登记过段时间再办理。员工也不用多，四五个人就能忙过来，要是老艾和老叶添把手，效率就更高了。我才知道他的公司主要业务是加工手机膜和各种零部件，听他的意思，在原来的公司跑销售时，他已经打通了各种关系，销路是不愁的。按照他的口风，公司每年赚个三四百万元是小意思。王如云自始至终没怎么讲话，只是低头吃肉。她胃口很好。她长了双蒲扇大手是有道理的。等酒足饭饱，蜗牛才说，呀，我女朋友发信息了，在学校等我呢。我瞅了眼，那姑娘是半个小时前联系的他。姑娘有个很好听的名字，叫阿杰莉娜。

蜜蜜他们打车回通州，我跟蜗牛回宿舍。宿舍门口的树下站着个女孩，穿着件粉红色连帽衣，背对着我们，无疑就是他的女朋友了。这所学校有规定，女生不准进男生宿舍楼。尤其是我们这栋的宿管大妈，都是朝阳区的，眼睛自然更毒辣。其中有个姓杨的，天天拉着张寡妇脸坐在门厅里，盯贼般盯着往来的学生，即便苍蝇飞进来，也要逮住辨清公母，母的绝对就地正法。蜗牛只能跟他女朋友在树下说话了。幸亏那棵树不仅枝繁叶茂而且粗壮雄阔，树龄两百年也有了，远远望去只能看到黝黑的树皮，看不到树后的人。

等我再接到老艾电话时，已经是暮春了。我知道蜜蜜的公司开张了，作为一家手工作坊式的公司，蜜蜜雇用了五名职工，当然，这五名职工里包括老艾和老叶。老艾和老叶是厨师、保姆、保洁员、搬运工、装货员和邮递员。老艾说，她要被蜜蜜气死了，人家王如云常常来公司打下手，蜜蜜连个好脸也不给。更让她恼怒的是，他把那辆宝马摩托车卖了。为啥卖？蜜蜜有天骑着摩托车去打篮球——我不让他去他就不去吗？向来都是我说往东他偏往西！在国贸跟辆奥迪车撞上了！奥迪车车主边开车边打电话，就刮到摩托车屁股。幸亏蜜蜜命大，从摩托车上摔下来，只磕破了脸皮。车主大概是个角色，横得很，连句好话也没有，只是说他买了保险，让保险公司的人来处理。你还不知道蜜蜜那脾性？当时就爆炸了，跟人家吵起来，不光吵起来，还动了手，把人家的门牙打掉了一颗。哎，反正到最后，蜜蜜鬼迷心窍，非要把那辆破相的摩托车卖给那个撞他的人。那人死活不买，蜜蜜就天天打电话，又去公司堵人家。人家被缠得没办法，答应出二十万元。

我有点发蒙。我记得蜜蜜说过那辆摩托车是花了四十多万元买的，这才骑了不到半年，就半价处理了？我说话就跟放屁一样，老艾咬着牙，蜜蜜那王八羔子，非说一看到摩托车就烦，眼不见为净，贱卖就贱卖吧。他那点花花肠子我还不知道？这不，前几天他买了辆轿车，难看得很。膝盖没好全，还老开车去体育馆打篮球。你当舅舅的可要好好管教管教！他公司刚开张，哪里有闲心玩？膝盖上还镶着块钢板，再作下去，钢板坏了咋整？这要残废了，拄着拐杖上蹿下跳，就算是王如云，也不会嫁给他了。

好吧，为了让老艾放心，我不得不约谈蜜蜜。蜜蜜说，舅啊，我正在打篮球！你忙啥呢？要不过来一块儿打？我才到体育馆！我记得你以前是单位篮球队的。我说好，七八年没摸过篮球了，可蹦起来还能摸到篮筐。蜜蜜说，舅啊，你就别吹牛×了，是骡子是马牵出来遛遛。

为了教训下蜜蜜，我特意带了个帮手。这帮手不是别人，正是蜗牛。蜗牛别看性子慢，打篮球却是把好手。基本功扎实，花活玩得好，手指转球左右手背衔接揉球，动作既唬人又迷人。我们到那里时他们正在打半场。在旁边观察了会儿，发现他们装备虽然齐全，却全是半破子手。蜜蜜见到我跟蜗牛有点意外，他可能没想到我们真的会来。他殷勤地向他的球友介绍我们。他的介绍有点夸大其词，不过很让蜗牛受用。他说我是国内著名的编剧，像《千秋引》啊，《丈母娘会武术》啊，《太监也疯狂》啊这些收视率超百分之一的巨作都是我写的。说实话，这些电视剧的名字我都没听说过。他又介绍蜗牛，说蜗牛不但是研究唐伯虎的专家，还是唐伯虎的第八代传人，毕业后就到故宫博物院当研究员了。那些球友对我们似乎很感兴趣，又是递烟又是递水。我们也没说啥。能说啥呢？

打完篮球已经傍晚，几个球友纷纷收拾行李。蜜蜜挥挥胳膊说，今晚我做东，吃日料，都别回家了。那些球友都赞成，看来对我和蜗牛的球技还比较满意，愿意我们俩掺和在他们当中。我们一起去停车场。蜗牛偷偷问我，蜜蜜的朋友都是啥人啊？最便宜的那辆车，也要一百多万元。

那家日料店在三元桥附近，东拐西拐的，上了楼才发现是家私人会所。男女服务员穿着和服在门口鞠躬相迎。屋里只有两张檀木桌子，中间用影壁隔开，再里面是个KTV包间。老板是个日本人，长得像蓄了胡须的福山雅治，中国话说得比蜜蜜还溜。看样子他们熟得很，老板说，今大上午才从北海道运来条蓝鳍金枪鱼，你们真是有口福。还有条寒鲕鱼，要是喜欢，一块儿做了。蜜蜜叼着香烟说，上！把最新鲜的都上一份！别忘了海胆我要……他还没说完，“福山雅治”抖了抖小胡子，笑眯眯地应道，两份。

那天晚上喝的清酒。我认为清酒也许是世界上最难喝的酒了。尽管如此我们也都喝了不少。我跟蜗牛很少插话。我们只是听着他们讲。听着听着我似乎明白点什么。这些球友多是有钱人家里的孩子，听口风不是读过哈佛商学院的MBA，就是在中信证券任职，其中有个孩子是山西人，他明显喝多了，耳根子比龙虾还红，他拍着蜜蜜的肩膀问，你爹那个矿卖了没？最近大形势不好，该出手就出手，我家老头卖了三个矿了，矿多累主啊。

蜜蜜说，我家还好，毕竟有个钢铁公司接着，说完他瞥了我一眼，说，我爹是个土财主，目光短浅，我撺掇他去海外投资，他又不肯，要是把马德里市政厅买下来，价钱不早就翻倍了嘛。球友哎了声，又跟他碰了杯酒，说，这些老古董迟早要被淘汰的。他们这代人啊，没知识，更没见识，只是走了狗屎运。

我夹了块金枪鱼慢慢地吃。我很替老叶开心。走了狗屎运的老叶从来都不知道自己开了家钢铁公司，还有座矿山呢。

蜜蜜明显喝大了，结账时钱包掉出来也丝毫没有察觉。我替他捡了起来，里面得有二十多张银行卡，还有张合影，黑白的，模糊不清。我辨认许久，才看清是蜜蜜和甜甜的合影。他们长得并不像，完全瞅不出是双胞胎。当我将钱包递给蜜蜜时，他嘻嘻地笑着说，舅啊，我可从来都想着我姐呢，我常常跟她唠嗑，她只听我说，却不搭腔，不过，我知道她想我，她还像小时候那么爱我，总是趁我睡着时偷偷亲我。她其实一直想着我们，对不？

我只好拍拍他的头。说实话，这么多年来，他在我印象中还是那个四五岁的男孩，抱在怀里犹如营养不良的猪崽。稍大些，他总是坐在过头屋的水泥地板上，戴着近视眼镜手持放大镜，研究收音机的电子管和线路，神态犹如一个研究病毒的老科学家。当我们从他身边蹑手蹑脚走过时，总会闻到刺鼻的、零件烧焦的煳味。我很难把这个记忆中的男孩跟眼前这根丝瓜重叠铆合。我只比他大十几岁，因为是他舅舅，却像隔了几个世纪那般遥远，他在我面前似乎永远也长不大了。每次看到他，我就想起切斯特菲尔德的那句话：青年人往往自视聪明，就像醉汉自觉清醒一样。这话简直就是针对蜜蜜说的，或者就是针对作为他舅舅的我说的。我也知道，这样想他有点不公平，但是习惯成自然了。

那晚我跟蜗牛先行告辞，蜜蜜的朋友们也喝多了，非要去K歌。让我意外的是，下楼时我仿佛晃到了王如云。她躲在一楼那扇庞大透明的旋转门旁侧抽烟。她来等蜜蜜吗？为何不一起吃晚餐？我愣了愣，抬起手跟她打招呼，可她装作没看见的样子迅速转过身去。她对面是双层立交桥，黑魆魆的，犹如蟒蛇的骨架，车辆萤火虫般慢吞吞地行驶，没有声息，而空气里是西府海棠花粉的颗粒。我留意到她的肩膀很宽，站在夜色中仿佛一个柔道运动员。她就那样背对着我，哆哆嗦嗦地抽烟。

五

老艾坐了一个多小时的地铁来找我时，樱花都快谢了。那天值班的是杨宿管，除非老艾去做变性手术，否则我就是管老艾叫亲妈，她肯定也不放老艾进楼。大厅玻璃门外有间狭窄的接待室，老艾看着来来往往的学生一句话都不肯说。不然咱俩去咖啡馆？老艾摇摇头，那玩意儿难喝得很，还不如红糖水。我说，咖啡馆里也有汽水，你不是顶爱喝橘子汁吗？老艾似乎被说动了，可路过体育馆时，她指着参差不齐的台阶说，弟，我们在那里坐会儿吧。

这样，我跟老艾肩并肩坐在观礼台上看着足球场。场地上有帮孩子正在踢足球，他们嘹亮的呐喊声间或传来，让老艾时不时有些走神。她说，她还是同意蜜蜜跟王如云分手了。没错,王如云是个难得的好姑娘,可是……可是,我想抱孙子,蜜蜜也想以后要孩子。我问,王如云想丁克?老艾垂着眼睑说,王如云也稀罕孩子,可是生不了。王如云跟蜜蜜好之前有个高中同学,两人处了好些年对象。如云那时小,不懂事,也不知道爱惜自己,为他打过两次胎,后来跟了蜜蜜,又打过一次。医生警告过她,可她根本没往心里去。你说我跟老叶要是都死了,蜜蜜老了,头疼脑热的连个端茶倒水的人都没有,我在阎王那里能省心吗?

咸吃萝卜淡操心,再说,日后哪里敢靠孩子养老?不都得掏钱住养老院?老艾撇撇嘴,打死我也不去养老院,丢不起那人。你小,你见得少,有些养老院可是地狱啊。根本没人管你,屋里比茅厕还臭,屎尿拉一裤裆也没人给你擦。我要老了,瘫了,蜜蜜不养我，我就吃把安眠药死了算了。好死总比赖活着强。

那王如云……还常去蜜蜜那里？去。这姑娘啊，一根筋。你说蜜蜜有啥好？长那么砢碜，钩虾似的，眼睛眨巴眨巴，看着就心烦。老艾叹口气说，除了手里有俩钱、会唱几首破歌、会打篮球，会啥？你说，他会啥？我是掐着半颗眼珠也瞧不上他。

一阵喊叫声传来，原来是一方攻进一球，孩子们欢呼着搂抱在一起。老艾盯着那些孩子说，蜜蜜要是能给我生几个孙子，再生几个孙女，该多好。我不禁笑了，你给蜜蜜找个蜂后算了，生两窝，还会采蜜，连红糖也省了。老艾有些不服气，不就是拉扯孩子吗，有啥大不了？你老姑不拉扯了我们姐八个？都活得好好的，没见谁早夭，你老姑也活到九十岁。

我盯着老艾。老艾的脸开始有些僵硬，后来不知怎么就笑了。我恍惚想起了她少女时的模样。老艾那时在大队的小卖部当售货员，卖牛舌饼、香油果子跟小黑枣。我放学时常从小卖部路过，老艾总是偷偷往我袄兜里塞两颗水果糖。那时，她笑起来比小黑枣还甜。她后来还在县城的国有饭店四部干过厨师，她叔伯大伯在那里当会计。据说老艾的手艺得到了烧鸡大师赵岩的真传，这个羞赧的姑娘熏制的烧鸡酥脆腻香、皮老肉嫩，成为四部招牌菜。要不是后来跟老叶结婚，老艾没准也成烧鸡大师了。据说县城最火的赵四烧鸡店，就是那位大师的后人开的。这么多年过去，这个卖过小黑枣、熏制过烧鸡的女人有双混浊的三角眼，鼻子常年红润，每到春天就犯干燥性鼻炎，嘴巴不再微微上翘，两条泾渭分明的法令纹让她的唇角耷拉着，犹如哀伤的河流。她唯一没变的就是发型了。她一直留着小学课本里女英雄式的黑硬短发。不过，如今头发已经花白了。

王如云这孩子是真不赖，厚道本分。老艾的声音甜得像砂糖橘，我把她当亲闺女，还认了干女儿。你们宿舍那个小唐，真的有女朋友了？

我这才明白老艾大老远地跑来，究竟是为了什么。我拉着她的手说，老艾啊，人家小唐打算去海德堡大学读博士，就算他没有女朋友，就算两人对了眼，你想让王如云干等五年？她也老大不小了吧？如果我没有记错，也快三十岁的姑娘了。老艾似乎有些失望，不再说话，拖着虚肿的两腮盯着草地上跑来跑去的孩子们。她身上还穿着那件腈纶的蓝地白道的毛衣，绒球早就磨没了，薄薄的。她为啥不穿那件豹纹真丝女式上衣呢？

那天中午我请老艾吃了碗兰州拉面。当她端过那一大碗热气腾腾的免费面汤时，似乎嫌葱花和香菜有点少，伸手抓了一小撮。结果被正在捞面的师傅吼了两嗓子，手干净不干净！瞎抓个啥！老艾的手哆嗦了下，葱花掉进瓷盆里，这时师傅放下手中的大碗，戴着塑料手套将掉进去的葱花抓出来，扔进身后的垃圾桶。老艾的嘴角抽搐着，说不出话。我说，你别生气，跟这种人生气不值得。老艾说，我有啥生气的，我儿子在北京有房有车，他有吗？她声调很高，说完又故意瞥了那师傅两眼。师傅脸色如常，只是手里的面抻得更细了。

吃完面我执意将老艾送到地铁口。老艾说，我这个礼拜蒸酸菜猪肉发面包子，你跟小唐过来吃吧？

于是那个周末，我跟蜗牛去蜜蜜家吃包子。那晚除了我们和蜜蜜一家，除了王如云，还有个染黄头发的姑娘。姑娘坐在蜜蜜身边,王如云坐在老艾身边。老艾时不时将凳子挪一挪,离王如云远点。蜜蜜和那姑娘有说有笑，动不动还弹弹人家的脑门儿。姑娘说包子热,蜜蜜还夹到自己嘴边使劲地吹。姑娘也话多,讲着公司里女同事的情事,动不动就爽朗地笑半天,后来她站起来敬我酒,一口干了一大杯啤酒,看样子酒量比王如云还好。她说,舅舅,你还认得我吗?我姓邹。我说我脸盲症,有回跟我们局长走个对面也没敢打招呼,怕认错人。她似乎对我的回答甚是满意,说,蜜蜜住院,我在他旁边的病床上,你忘了？我还给过你海南杧果,橄榄球那么大。我这才恍惚想起来,她就是那个蜜蜜老偷眼观瞧的邻床女孩。看样子她跟蜜蜜关系很熟络,反正比王如云跟蜜蜜亲近多了。

我拿眼去瞥老艾,老艾装作没看见,只是嘘乎着给蜗牛夹红烧排骨。王如云端起酒杯敬酒，老艾叹息着说，干闺女啊，妈的血糖又高了，这酒啊，不能沾了。王如云的酒杯端在空中，放也不是，喝也不是。这时蜗牛说，王姐我敬你。听说你也喜欢画画，有时间我们切磋切磋？王如云爽快地干掉，蜗牛又说，我们公司每个礼拜都有美学讲座，你要是感兴趣，可以报名参团，我跟我们经理说说，给你打个折扣。王如云没吭声，盯着蜜蜜，蜜蜜盯着邹姑娘，邹姑娘盯着老艾。老艾说，一晃都该立夏了，虽说不该饮酒，可好日子不喝口，总觉得缺了点啥。老叶啊，你不是有瓶法国葡萄酒吗？赶紧让孩子们尝尝，别老让他们喝猫尿了。

老叶慢慢腾腾地说，遵旨，老佛爷。

六

整个夏天如此漫长。为了不至于饿死，我接了个活，去写关于扶贫的剧本。为了写剧本，跑到千里之外的祁连山住了半月。房东清晨都给我煮碗面，大概因为我是客人，酱油和盐多放了些，齁得我整天想喝水。村附近的山上盖了养鸭场，是精准扶贫对接项目，有两百个鸭棚，每个棚里都养了三百只鸭子。我很羡慕邻居那对夫妇，早起四点半就披着露水去鸭场。他们要不停地捡鸭蛋、投饲料、锄鸭粪，一日三餐都在鸭场吃。晚上七点他们夫妇徒步回家，先经过两道种满了山药的山梁，再经过那条时常断流的河流，然后走过种满了板蓝根的农田，穿过开满了金盏花的荒地，才能到家。当他们看到我在树下乘凉喝啤酒，牵着的两只手慌忙撒开，男的嘿嘿笑着问，又喝上啦？他们本地的方言跟他们的莜麦面一样粗糙劲道，如果不看他们的眉眼，你会误以为他们在寻衅吵架。说实话我很羡慕他们头顶星斗上工下工的日子，不由得想了一下我也娶个农村媳妇的情景。

从山里回来，正是北京最热的季节，干燥、烦闷，青蝉嘶叫，也没叫来一场雨，只有月季繁盛疯狂，开得洗脸盆那么大。我从地铁口钻出来，看着钻入地铁口的穿西装的年轻人，几乎透不过气来。这时老艾给我打电话，没精打采地。她说，弟啊，有空帮我倒把手。蜜蜜啊，哎，又住院了。

蜜蜜又换了块半月板。看着他躺在雪白的病床上，我丝毫不觉得意外。我坐在中央空调的风口听老艾不停唠叨，不听老人言吃亏在眼前，没痊愈还老打篮球老喝酒，东跑西颠，日作夜作，看你这下还嘚瑟不？蜜蜜只是躺着打手机游戏，即便是邹姑娘用勺子舀了西瓜喂他，他也懒得张嘴。邹姑娘板着脸说，你是割了舌头还是拔了牙？蜜蜜这才嬉笑着咧开大嘴，将冰镇西瓜吸进喉咙。老艾跟我偷着说，这姑娘啊，对蜜蜜真好，我只是不明白，她图蜜蜜啥呢？也是，据说邹姑娘是北京土著，从小就住在朝阳区太阳宫，读的编导，在电视台上班。看样子老艾对邹姑娘的家境也颇为了解，父母离了婚，她被判给了母亲，继父呢，带了个儿子，年岁跟她差不离。邹姑娘的母亲在城乡超市当收银员，继父是街道办事处的会计。房子是她母亲的，七十平方米，顶楼，没电梯。不过，老艾说，小邹还没跟她妈说蜜蜜的事。据说她妈年轻时风光得很，当过红卫兵的头，是把刷子，她担心蜜蜜根本应付不了她的审查。没错，老艾用了“审查”两个字，仿佛蜜蜜是个嫌疑犯。

我忍不住问，王如云呢？老艾说，哎，这闺女，很久没过来了。我倒是挺想她。她刷碗刷得可真干净呢。我盯着蜜蜜看，蜜蜜抬眼看一下，眼皮无辜地眨动着，继续打他的手机游戏。我只能在心里摇摇头。

蜜蜜出了院，也不过消停了个把月，仍瘸着腿去体育馆的篮球场。打不了球就在旁边帮人家看衣物、买水，同时负责吆喝、鼓掌。买卖倒不怎么操心，老艾、老叶跟仨员工忙得脚尖朝后，他也懒得搭把手，反正销路不愁，几个大客户的采购商都是多年交情，他手松，私下给的回扣比他们的年薪还厚。老艾说晚上装完货倒头就睡，都想不起来给老叶擦身。老叶只要从员工身边走过，人家就忙不迭捂鼻子，后来他们从早到晚都戴着口罩，有高级过滤功能双层保险的那种，连雾霾跟老叶的气味一块儿都过滤了。

而蜜蜜跟医院的缘分也不浅，出院没两个月，就又搬了进去。那天晚上我在操场慢跑，没带手机，跑完又端着脸盆、沐浴液去澡堂排队，回到宿舍时蜗牛说，大哥，你手机都快被艾姐打爆了，赶紧回吧。等我打过去，先听到了老艾的哭声。我很多年没听过她的哭声了，她的哭声让我想起乡村葬礼上的农妇。她抽噎着说，蜜蜜出事了。我让她慢慢讲，她又号啕了好阵子，才说，王如云把蜜蜜的筋挑了。我一时没反应过来，老艾就喊，他舅啊！快来医院吧！来了就知道了！

等我赶到医院，蜜蜜正在手术室。老艾和老叶坐在外面的椅子上。老艾时不时扒住老叶肩膀号两声。老叶沉着脸说，没想到王如云看着老实，却如此心狠手辣。很久没露面的王如云中午说请蜜蜜吃火锅,蜜蜜就去了,去了就被王如云灌多了,等他醒过来时发现自己躺在宾馆。他想撒泡尿,迷迷糊糊喊着王如云的名字,没人应答,他想下床,却发现根本动弹不得,开了灯,床上几摊血,他去瞅自己的脚,发现脚踝血淋淋的。他倒是很镇定,打了急救电话,打了前台电话,打了老艾电话,这才给王如云打。王如云的手机关机了……老艾擤了把鼻涕,说,这可咋整呢?膝盖没长好,筋又断了,这要真成了瘸子,还能娶到媳妇吗?老叶用块脏兮兮的手绢不停地擦她眼睛,又擦他自己的眼睛。

动完手术的蜜蜜很快就醒过来。醒过来的蜜蜜只是盯着天花板,听老艾骂王如云,然后老艾、老叶跟我商量报警的事。我说这属于刑事案件,再观察观察蜜蜜的病况,明天一大早去宾馆所属地的派出所。老叶说,他跟宾馆那边也商量好了,房间还保持原样，那可是犯罪现场，宾馆视频里也有蜜蜜和王如云一起上楼的证据，总之，王如云这个歹毒的女人跑了和尚跑不了庙。老艾只是不停地骂着王如云，骂完王如云又骂自己引狼入室，老觉得她可怜，跟蜜蜜分手后还认了干闺女，没想到却是个杀人不眨眼的主儿。

我们正叽叽喳喳，蜜蜜猛地喊了嗓子，不能报警！

他刚动完手术，中气却十足。我们愣愣地盯着他。他胸腹起伏目光涣散，报警？报狗屁的警！谁敢报警我跟谁没完！躺两天，老子又能去打篮球了！妈的，我又没进火葬场，你们哭个×！

我们面面相觑，后来我朝老艾、老叶使个眼色，他们鸟悄着退出了病房。我倒了杯温水犹豫着递给他，他没接，头缓缓偏向一侧，并不看我。我说，你这是什么态度？受了伤，爹妈疼，你吼个啥劲？他不吭声，只是瞅着窗外。窗外是棵巨大的速生白杨，树叶肥大鲜绿，能听到蝉在嘶叫。这个炎热的夏天的傍晚，天还是那么亮，一大块一大块的光斑透过杨树的枝叶和明净的玻璃晃在他身上，我看到透明的液体从他的太阳穴顺着颧骨上的绒毛滴到枕头上，不晓得是汗，还是泪。舅啊，他压着嗓子说，我丁点都不疼，没事。我瞅了瞅他的双脚，被白色纱布裹得严严实实，他当时还从宾馆的床上摔下来，额头磕到桌角出了血，也包扎起来，他躺在那里，看上去仿佛一位弥留之际的麻风病人。突然我听到扑哧一声乐，定睛一看，还真是他在笑，只听他说，两讫，漂亮！

七

蜜蜜的膝盖和脚筋九月份才恢复得差不多，不过平时还是坐着轮椅。体育馆肯定去不成了，他就坐在轮椅里拍那只经常慢撒气的篮球。员工们嘴巴上戴着厚厚的口罩，耳朵里塞着从网上买的劣质耳塞，面色凝重地加工着手机膜，看上去犹如兵工厂快退休的老工人。老叶天天蹬着三轮车去超市买牛蹄筋、排骨、羊盖骨，用高压锅焖得烂熟，逼着蜜蜜上顿吃下顿吃，他说这叫吃啥补啥。我劝他不如多买点核桃、黑芝麻、鹌鹑蛋、猪脑啥的。老艾呢，不甘心，按照她的说法，就是要跟王如云掰扯掰扯，她偷偷给王如云打电话，开始提示关机，后来就提示该用户已注销。看来，她这辈子别想再遇到这个擅长刷碗的姑娘了。

邹姑娘呢，跟蜜蜜比以前更黏糊，这是老艾跟我说的。多好的姑娘啊，一点不嫌弃蜜蜜，老艾说，蜜蜜如今可是个残疾人呢。本来老艾想会会邹姑娘父母，被蜜蜜半路拦截了。你真是吃饱了撑的，蜜蜜说，你好歹让我拄着拐杖见未来的岳父岳母吧？缺心眼儿！老艾对蜜蜜的指责并没有生气。她觉得蜜蜜说得一点没错。邹姑娘来看蜜蜜的日子，她就当盛大节日过，鸡鸭鱼肉换着样来，听说邹姑娘爱吃龙虾，她还专程跑到海鲜批发市场去买。据说掏钱时老艾的脸是紫色的。她心里盘算着一个礼拜吃两只龙虾，一个月就是八只，一年呢，就是九十六只，一只个头小点的龙虾也要两百元……可转念想到蜜蜜坐着轮椅眨眼睛的模样，也只得释然。从那以后她主动要求加班到夜里十二点，有次老叶犯了前列腺炎，半夜两点半起夜，他看到老艾坐在节能灯下，双手在机器里娴熟机械地移挪，胳膊旁边是一摞一摞散发着塑料味的透明手机膜。他就喊，老艾老艾，睡觉了。喊了几遍老艾也没吭声，老叶就蹑手蹑脚地到她身旁，歪头瞅了瞅。老艾闭着眼，鼻腔里发出轻微的、均匀的呼噜声。老叶很是感慨，他说年底了一定要让蜜蜜给老艾颁个最佳员工奖，都睡着了还坚守在生产一线。

等蜜蜜能拄着拐杖行走了，他突然想起要干点别的。看来老叶炖的猪脑蜜蜜没白吃。所谓干点别的，就是打算开家文娱公司。舅啊，我想办个选秀比赛，类似好声音那种。好声音看过吧？哟，你不知道，中国热爱音乐的人比诗人还多。好声音为啥那么火？励志热血，不看长相看唱功，点燃了普通人欲望的小火苗啊。他们财大气粗我比不了，不过，我可以把节目录完后卖给视频播放平台。我说,你别白日做梦了,这种节目早创收视率新高,物极必反,不多久就要走下坡路,等你公司成立了,导师选好了,节目录完了,估计国人已经喜欢别的节目了。

蜜蜜坐在轮椅上不吭声,他的两条章丘大葱般的腿弯曲着,老让我担忧稍不留神就会折断。再说了,那些参赛学员哪里找?人家好声音有职业星探,都是资深专业音乐人,坐着飞机天南海北犄角旮旯儿地选人,你寻思每条座头鲸都会在月光下唱歌?蜜蜜说,舅啊,这个我不愁,你还记得我们“蜜之源”微信群吗?里面有很多牛×的业余歌手,有程序员,有剧院保安和地铁安检员。舅啊,高手在民间,你可千万别瞧不起民科,蜜蜜打了个响指目视着我,只要你给我从文体局办个许可证,一切问题就都不是问题。

我说，我在北京认识的最牛×的人，就是你了。

蜜蜜笑了。他挥了挥手，说，你能给我找些靠谱的赞助商吗？

我想了想说，你看老艾跟老叶如何？

蜜蜜就掉转轮椅去了厕所。

让我意外的是，蜜蜜的文娱公司真搞到了批件，也找到了赞助商。据说帮忙搞手续的人是邹姑娘的远房亲戚，至于有多远已无从考证，反正邹姑娘动用了她父亲的表姑的女婿的外甥。最大的赞助商是经常跟蜜蜜在体育馆打篮球的山西人，我还记得他父亲是开矿的。这年头，人们总是对开矿的人充满了敬意。不过，我怀疑这个山西人打篮球把脑子打坏了。据说开始他们想把比赛现场放在北京电视台的演播大厅，不过费用比较昂贵，另外选手们要是从全国各地飞过来，这机票费、宾馆住宿费和饭费，都是让人挠头的开支。后来还是老叶一句话点醒梦中人，你为啥不在咱们县录节目呢？

是呀，为啥不在云落县搞？跟县委县政府搭上桥，不光这住宿饮食解决了，也能套不少赞助费。现在各地搞文化宣传，奇招怪招频出，争西门庆的故乡也要争到法庭上，何况这种全国规模的选秀比赛？蜜蜜看着我，老艾和老叶也看着我。我只好说，好吧，看在你断过筋的份儿上，我找找老宋——死马当活马医。

老宋是我初中同学，如今是我们云落县的宣传部部长，县委常委。他年轻时最喜欢托尔斯泰的小说，我跟蜜蜜拜访他时拿了套人文社的《托尔斯泰全集》。我两年没见过他，他除了头发稍白，倒没啥大变化。他对蜜蜜的创意颇感兴趣。我觉得这事似乎有些眉目。老宋初中时是我们班的文体委员，初三迎新春晚会时，还穿着借来的西服唱过《西游记》的主题曲《敢问路在何方》，唱得有模有样，只是每到高音处就破嗓。我们同学聚会时，喝完酒后的项目必有K歌，也全是老宋的提议。那天老宋握着我的手说，你放心，外甥的事啊，就是我的事，这种利民惠县的大项目，我们是求之不得，求之不得呀。这情形好像是我帮了他一个大忙，我的下巴在心里半天没有合上。

老宋确实没有让蜜蜜失望。他的提议得到了县委书记的首肯。县里正在申请“中国曲艺之乡”称号，此时举办一场有全国影响的比赛，对申乡之路无疑是锦上添花。他们十分痛快地答应了蜜蜜，还应允所有选手的住宿费全包，如果他们是坐长途火车来云落，火车票也给报销。至于节目录制后跟哪家网站合作，他们进行了周密的研究部署，最后选择了家名叫巴拉巴拉的网站。这家视频网站建成不久，据调查，主要客户是高中生、外来务工人员和喜欢打游戏的大学生，日均流量达两千万。

那几个月，我基本上没见到过蜜蜜。偶尔我去通州吃老艾捏的大馅发面包子。老艾和老叶领导着三名员工坚守后方，老艾每天都是凌晨三点才睡觉，用老叶的话来说，就是她得了神经性官能症，即便早早爬上床，那双手还是在空中不停地抖动，只有把散发着臭味的手机膜塞给她，她的呼噜声才会渐渐响起。老叶说，他无比怀念老艾鼾声如雷的日子。

蜜蜜他们的声势挺浩大，不时有关于他们的消息传到我耳朵里。他们把录制现场放在了云落县的广播电视局。那些参赛学员通通住在三星级的县政府招待所，然后坐着大巴车前往录制棚，大巴车前面还有两辆鸣笛的警车开道,煞是威风。让我意外的是,蜜蜜说服了一位主管农业的副县长参加了比赛。这位副县长以前是中学音乐老师,民族唱法,拉一手好二胡,长得富态喜兴。据说他参加蜜蜜的节目也是县里常委会通过的。他们认为,隔壁县的副书记在网上卖烧鸡,一天卖了六千只,为啥他们就不能派一名副县长参加歌唱比赛?歌唱比赛可比卖烧鸡档次高多了。

他们还和市里的电视台签了合同,到时候直播决赛全程。蜜蜜他们请的四位导师包括一个二十世纪九十年代末的二流歌星、一个光头海归音乐博士、一个韩国变性歌手,还有一位鲐背之年的老作曲家。蜜蜜还是很精明的,这四位的出场费可能还没有那四把转椅的价格高。这场赛事从深秋一直持续到深冬。决赛现场是在我们县的巨蛋剧场。这个剧场属于电影院。

据说老艾跟蜜蜜要了五十张特约嘉宾票，她和老叶筹谋半宿，决定把这些票赠送给邻居李根旺和他的歪脖老婆、李根旺的四个女儿和四个姑爷、村“两委”班子全体成员、大伯家的二哥二嫂、莲姐家那个在芬村小学当音乐教师的外甥女、住在敬老院酷爱京剧的表弟，以及周庄小学上学年的三好学生……决赛当天，我们家的亲戚、村中睦邻、村“两委”班子成员赶着马车、骡子车，开着拖拉机、三马子车、面包车或者轿车纷纷奔往云落县城。他们穿着过年才穿的衣服，包里装满了瓜子、糖块、手纸和饮料。在他们看来，这场隆重的盛会让冬闲时节变得有乐子了，为了跟上潮流，他们还网购了廉价荧光棒和细杆烟花，可烟花在安检时被没收了，这让他们颇为不快。当五名决赛选手之一的副县长穿着马褂登场时，现场的观众沸腾了，他们还从来没在现场听过大官唱歌呢，他们忙不迭肃然站立，双臂如麦浪般左右摆动，整齐划一地呼喊着副县长的名字，同时将绿色荧光棒和LED广告牌高高举起，他们激昂的呼喊声几乎淹没了副县长的歌声……

本来我约了蜗牛同去云落看决赛，不过蜗牛最近遇到点麻烦事，用他自己的话讲，就是跟阿杰莉娜的关系处于崩溃边缘。至于个中缘由倒没细说，他向来注重保护个人隐私。为了安慰他，我请他吃了顿麻辣小龙虾。我才知道青岛人酒量那么好。当蜗牛将第十二杯扎啤一饮而尽时，我看到眼泪从他狭长的丹凤眼里滚出来。他说其实泰国之行时就隐约感觉到哪里不对劲儿，这种微妙的不对劲儿只有恋爱中的人才能体会，譬如她坐在海边发呆，眼望着猎户座叹息，即便是潜水跟海豚嬉戏，她也从来没有笑过。蜗牛手里没有多少积蓄，旅游的钱AA制。泰国回来,她又在电影学院旁边租了房,每月房租就五千五百元。蜗牛问她哪里来的钱,她说跟一位大哥借了十万元。至于是什么大哥,她也没做过多解释,只说在公司打工时认识的客户。她在政法大学读研,业余时间会去律师事务所干点杂活。她不容易,蜗牛说,母亲离婚,继父是酒鬼,打骂是常事,本来想考清华大学的研究生,回国后能找个好点的教职,考了两次都没考上。

我愣了下，她是……外国人？蜗牛点点头说，嗯,在越南的格鲁吉亚人,你知道她为啥跟我谈恋爱吗？我说,难道不是因为你是小唐伯虎？他没吭声,掏出手机给我看照片,照片上是个在健身房里练器械的外国小伙。你瞧,蜗牛将照片放大,将大脑袋探过来,哽咽着问道,我跟她前男友,耳朵是不是长得一模一样？我只好点了点头说，没错，都是典型的招风耳。

蜗牛过不几天人回了青岛。蜜蜜的好声音决赛我也没去，终日蜷在宿舍读书。风的声音不大，从玻璃上滚过，静悄悄的，仿佛猫的呼吸，只不过翌日醒来，玻璃上布满诡异的白色森林。喜鹊在窗前那棵老槐树上瑟瑟发抖，嘴里叼着不知从何处觅来的珍珠红果。我低头看看扔在桌上的《福克纳小说》，无边的厌倦浮升起来。后来我盯着书架上的那排白丝绒的《维特根斯坦全集》看，慢慢心情好转一点。没错，那个干冽的冬日午后，我站在一间散发着姜片、馊饭气息的宿舍里似乎受到了一点维特根斯坦的影响。维特根斯坦在“一战”战场上完成了《逻辑哲学论》初稿——哲学问题已被解决，于是他“怀着贵族式的热忱前往奥地利南部山区，投入格律克尔倡导的奥地利学校改革运动，成为一名小学教师”，结果他的执教生涯因为南部农民的粗俗愚蠢而终结，不得不到修道院当了一名园丁——你看，这么拔尖的人也会遭遇这样的命运，何况吾辈乎？这个“影响”还不小，我的心态莫名就好起来了，竟然主动地想起自己好久没有联系蜜蜜和老艾了。

八

蜜蜜的节目录制完后，县政府派了辆大巴车送决赛歌手去北京机场和火车站，路过香河收费站安检时，发现得了季军的那位来自贵州的歌手原来是个潜逃多年的杀人犯。八年前他把债主连同一只泰迪犬用水果刀捅死在出租屋内。他对被捕似乎早有心理准备，验身份证前本想跨过高速护栏从下道逃跑，怎奈被热情的政府工作人员死死拉住，怕他乱走迷失了方向，不好向领导交代。这个憨厚的贵州人被警察押走时还在安慰蜜蜜，他会在监狱里继续苦练海豚音，出狱后再报名参加蜜蜜的赛事。他始终相信自己能练出比维塔斯还要高半个音阶的海豚音。

过不多久，县里接到上面通知，禁止行政官员参加任何性质和形式的娱乐节目。蜜蜜和他的伙伴们不得不和县里斡旋。斡旋的结果就是，必须删除关于副县长的所有镜头。好吧，最大的噱头消失了，他们不得不把焦点放在参赛的那位白血病患者身上。这个患者除了长得砢碜点、病情尚未痊愈，似乎一切都完美无瑕：美妙如外星人般的歌声、鬼魅的机器人舞步让他仿佛是被上帝打过两拳又亲吻过的人。当一切似乎都被摆平时，他们接到通知，跟他们签约的巴拉巴拉网站被封了，这个网站被怀疑恶意传播黄色视频和其他非法链接。

蜜蜜命苦啊，老艾将饺子边捏成花朵的形状，慢腾腾地摆放到高粱秆扎的盖帘上。不过，他总算安生了，她瞥了眼躺在沙发上打游戏的蜜蜜，说，那三个员工也辞职了，为啥？发不起工资谁还给你白干？好吧，看来我们都接受了这样的现实：蜜蜜没能赚得盆满钵满，反倒赔了老本。不过，老艾眼里的灵光闪了闪，说，也有好消息，蜜蜜被小邹她妈接见了。

据说觐见准丈母娘前，蜜蜜的眼比平日里眨得更快。他听邹姑娘多次提及，她母亲是个厉害角色，可到底厉害在何处、哪里又是个角色，邹姑娘倒说不太清，按照她的表述就是，她身边的人，包括她母亲身边的人，都认为她母亲身上长满了棘刺，换句话说，他们都对她的母亲充满了由衷的敬意和恰到好处的恐惧。出于对群众评价的信任，蜜蜜心里打了很久的小鼓。见面头天夜晚，他基本上没睡觉，晨起时挂着黑眼圈。也是，他的膝盖和脚筋尚未痊愈，走起路来细瞅，还是能瞅出些猫腻，更别提他那双眼睛了。为了给未来的丈母娘留个好印象，蜜蜜把见面的地址选在了咖啡馆。那家咖啡馆即便是白天也森冷黑魆如盘丝洞，只有巨型白色蜡烛的光芒提醒着顾客，这里是人间福地，能喝到苏门答腊盛产的麝香猫咖啡。他颇为谨慎地选择了靠窗的包间，这样的话虽身陷暗处，但也有丝丝缕缕的光线从白色窗纱透进，他将靠窗的位置留给了自己，他说他当时是这么想的：也许老太太会在若隐若现的光线下被他清奇的面貌吸引，比如他高悬的希腊式鼻梁和宽阔性感的约鲁巴人厚嘴唇，从而忽略了五官其他的部分，比如鱼唇般的眼睛。后来会见的结果跟蜜蜜猜度得相差无几，那位烫着大波浪、眼神如金雕般犀利、语速比法国人还快的老太太事后跟邹姑娘说，这小伙看起来不赖，不过皮肤怎么那么白？不会是白癜风吧？他房子多少平方米来着？

蜜蜜看起来还是老样子，懒洋洋的，只不过以前能吃十个肉包子,现在吃六个。我估计他把自己攒的那点老底全嘚瑟光了。这是种不需要太高智商的本领。有时他坐在员工的椅子上,跷着二郎腿呆呆地望着窗外,直到房间里弥漫着肉皮的煳味——那是燃烧的香烟将他的手指烤焦了,不过他看起来丝毫没有感觉到疼痛。他没再去篮球馆打篮球,老艾偷偷跟我说,蜜蜜不是不想去,而是没有交今年的会费。老艾还说,蜜蜜打算将那辆宝马车卖了,可小邹姑娘死活不同意。

我以为蜜蜜会跟我聊聊。聊什么呢?我也拿不准,不过我觉得一个暂时失败的人通常会需要一名忠实的倾听者。可他只是快速地眨着眼,目光越过我,落到那台彩色电视机上。他什么节目都看,《婚姻保卫战》《非诚勿扰》、卖锅卖假宝石的电视购物、十万岁的狐狸女仙和三万岁的玉皇大帝孙子在九重天外谈恋爱……那天他转到纪录频道，看到十几条毒蛇正在追逐一只老鼠。那些吐着芯子的蝮蛇犹如锦衣卫杀手，在峭壁岩石间、在灌木丛中、在沙土地里疯狂地追逮那只灰毛老鼠。那只吓破了胆的老鼠上蹿下跳，东躲西藏，每每险象环生处又能安然脱身，让人觉得仿佛是上帝的那只手在庇护着它，看着看着蜜蜜转过头，看着我。他的眼睛眨了眨，说，舅，我就是这只耗子，死不了的皮耗子。

皮耗子，他舔了舔嘴唇，皮耗子。

我递给他支香烟，将电视静音，想了想说，别瞎折腾了，蜜蜜，干脆回云落吧。你不是吉他高手吗？开个音乐培训班，钱能乌泱地拥来。他直愣愣地盯着我，嘴巴僵硬地努了努。要不就开烧烤店，弄点特色菜，烤菜蛇烤蝎子烤法国蜗牛、烤鲍鱼烤海螺烤海肠，再烤点羊盖骨黑鲇鱼啥的，配几款新鲜的捷克精酿啤酒，本薄利厚，咱们云落人，穷是真穷，可最贪吃。我帮他将香烟点着，说，可为而不为，是懦夫；可为而为之，是勇士；不可为而为之，是愚夫。他呼出口浓烟，眨巴着眼说，舅啊，你说的我没整太明白……不过……连你这种老年人都出来混，我干吗还回那兔子不拉屎的地儿？

我一时不知该如何接话，我听到白炽灯由于电压不稳传来的嗡嗡声；我看到电视里女主角跑着跑着鞋跟断了，她只得拎着鞋子横穿马路；老艾跟老叶正嘀嘀咕咕，神情肃穆如外国政要商讨欧美大事；邹姑娘在看直播，一个嗲声嗲气的男人正在推销口红；春天尚未来临，孩子们已经在夜色中捉起了迷藏……后来，我听到自己说，你看过萨特的《死无葬身之地》吗？蜜蜜摇摇头。我还听到自己说，有位奥地利的哲学家，跟你一样，从小热爱机器，他说,其实,一个男人的梦想几乎是从来不会实现的。

蜜蜜端起易拉罐啤酒喝了两口,看着我,眼睛飞快地眨动着,搞得我不得不把注意力集中在他的眼睛上,似乎过了好久,我才发现他嘴巴在笑。

行啊,舅。他说,你这反鸡汤才是真正的鸡汤啊。

啥意思?我说。

天机不可泄漏。蜜蜜说。

九

我有段时间没去老艾家。老艾倒是打过几次电话，炖了松茸乌鸡，还炖了我最爱吃的河豚，我都推辞掉了。

春天又来了。春天总是来得那么冒失。仿佛春风一度，万事万物就膨胀着炸裂。那天我正在图书馆的沙发上小憩，便接到了蜜蜜的电话，他叽喳着说，舅，告诉你个好消息！我打算拍网剧。我头晕晕沉沉，并没听太真切。说实话，我对他那晚的话还耿耿于怀，什么叫"连你这种老年人都出来混"？关键是，想想也是，正因为是，才更耿耿于怀吧？

如今最火的是啥？是网剧！这个时代最需要的就是精品网剧！你可要多研究研究，写出《四平青年》《北京女子图鉴》《无证之罪》这样叫好又叫座的。他说。

我忍不住问，你想拍啥？

我要拍的剧，有悬疑有穿越，有谋杀有神话。我还想加点科幻因素，打个比方，你去了一个平行世界，发现舅姥姥、舅姥爷还活着，我妹妹没得白血病，我舅妈也没跟你离婚，你是不是会舍不得回来？你最好的选择就是，谋杀另外一个世界里的另外一个你，然后冒充另外一个你，继续过着幸福的家庭生活。

我没吭声。

舅啊，帮我写剧本吧！哪天你过来，让我爸炖肘子，咱爷儿俩顺便好好唠唠。我就不信攒不出牛×的本子！等外甥赚了大钱，按一线编剧给你劳务费，你要愿意，入干股也成，咋样？

我说，这活你舅干不了，人老眼花血压高，还天天吃着褪黑素，你找专业编剧吧。

他似乎有些失望，不过肯定是意料中的失望，他的声音听起来依然高亢，那……我先找别人搞，别人搞完了你再搞！谁让你是我舅呢，对不？

等他挂掉电话，我还没回过神。他可能知道我对他没有信心，从来不看好他。不过，我突然意识到，他看我大概也是一样吧？

果然我一直没有等到他的剧本，当然我也没有真的等，因为有一段时间我确实"混"到了一件事。我的一篇小说被朋友推荐给某位导演。我自觉那是篇很糟糕的小说，没想到导演很是推崇。他家住在三里屯附近，当我见到他时，他正抱着一只豹纹短尾猫在阳台上抽烟。和我想象中的名人不同，这是位谦逊得让我心虚的人，他不停地给我续茶、给我点烟，每隔十分钟就问我空调的温度是否适宜。那时停暖了，风还挺硬。我以为他要买我的小说版权，结果发觉并非如此。他正在构思一部电影，他的意思是让我做这部戏的编剧。他猫一般浑圆的瞳孔注视着我，让我对他充满了想象中的敬意。他说，这是个韩国人在里约热内卢的故事。主人公之所以是韩国人，是因为制片人和投资方都是韩国人。一部关于灵魂救赎、身体救赎的电影，最重要的是避免人物形象陈腐，男主的身份是哲学家，没错，这是一部关于韩裔大学哲学教师和里约热内卢黑帮的故事……当他提到哲学家时我莫名地兴奋起来，这也许是之后整个春天我和他厮混的缘由。我们常常在他宽阔得近乎空荡的客厅里小声地构思着故事框架，辩论着故事的走向以及诸多异想天开的细节，这些细节往往让我们亢奋起来，他那个脖颈比白天鹅还优雅的女朋友不停地给我们斟酒，从不插话。在很长一段时间里我都怀疑这个安静的女孩是个聋哑人。通常喝着喝着我就困了，躺在他们家客厅的沙发上沉沉睡去，半夜醒来，会听到他和女孩亲热的声音。

他经常带我出去吃饭，每次吃饭的人都不尽相同，有中国台湾来的家具商人，有部队厨房用品生产商，有洛杉矶回来的独眼画家、画家的龅牙情人，有某五星级酒店的老总以及长得犹如海狸鼠的某省要员公子……我的酒量剧增，通常一斤白酒后还能整十几瓶比利时啤酒。我发觉，这里的每个人似乎都是一部秘史，他们看上去鲜亮、热忱，脸上的肌肉时常因为激情的焕发而略显僵硬，可我知道，我对他们一无所知，包括几乎三两天就喝顿大酒的导演。没错，到了我们交往的后期，我们似乎忘记了电影的事情，我也很少再去他家里，而是直接打车到他预订的酒店包房，或者某个朋友家的别墅。就是在别墅阳台的遮阳伞下，我第一次喝到了小说中常提及的马提尼酒。他有数不清的朋友、喝不完的美酒、慷慨的赞助商、精致得犹如名媛的女人，我有时候会产生种错觉，自己俨然变成了一名食客。

还好，我断断续续接到老艾的电话。她的方言一下子就将我拉回到云落乡村。她说，蜜蜜他们去老家拍戏了。拍什么戏？我愣怔半天才想起来蜜蜜说过拍网剧的事，还真拍啊！老艾说，她也搞不清楚，反正蜜蜜带了帮人回了云落县。蜜蜜自己当导演，还有俩专业演员，据说是中央戏剧学院表演系毕业的，剩下的都是群众演员，有蜜蜜的初中同学，有长得像梁朝伟的业余歌手，还有在云落县农业局当主任的表弟。他们还借到了县评剧团的行头，备着筹拍古装戏。反正能省则省,不能省的就不拍。蜜蜜的表弟叫荀连生,也是我外甥。他有个朋友开饭店,当了赞助商,提供在云落期间的饮食。蜜蜜承诺饭店老板,将来会在鸣谢单位里添上他们饭店的名字。拍的啥戏?老艾说,她真的不晓得,反正有场戏是在饭店拍的,三个小伙子揍男一号,他们摔碎了几个盘子几个碗,还有把檀木椅,只是动手时没把握好轻重,把男一号的眼睛打成了乌眼青,男一号只好戴着墨镜继续拍戏。老艾还说,小唐也去了呢。我有些讶异,小唐能干什么?我还寻思他在青岛呢。老艾说,你咋瞧不起人家小唐呢,小唐是美术,还是剧务。没有工资,可小唐说,这比写论文有意思多了。

联系到我正在经历的一切,我突然有点同情起蜜蜜来了,拉个草台班子就干起来,还有点悲壮呢。

至于邹姑娘那边，老艾说，情况也比较安稳。这是唯一让她欣慰的事情了。她说，她已经跟邹姑娘的父亲友好地会见了十多次。当老艾提到这十多次见面时，不禁笑出了声音。由此看来，这些会面充满了温暖的回忆。没错，老艾说，老邹，也就是小邹的父亲，是个和蔼的老头，常年坐在轮椅上，嘴角流着涎水。他以前是某区财政局的处长，退休后发现颅内长了瘤，就动了手术，手术不成功，就只能天天坐在轮椅上了。他有处房子，八十多平方米，两室一厅，他妹妹就搬过来伺候他。那可真是相亲相爱的一家人，老艾感慨道，他妹子也老大不小了，死了男人，孩子结了婚，没啥事，就来当保姆，长得那叫喜相，真是菩萨转世，每天做饭洗衣、给老邹洗脸擦脚、喂药唠嗑。老邹可稀罕我了，每逢我去了，都拉着我的手说个没完没了。当老艾详细地跟我讲述亲家们如何进行日常会晤交流时，老叶通常不吭声。后来老叶偷偷跟我说，那个老头确实不错，只会流着涎水说俩字“真好”，无论老艾说啥，老邹都答“真好”，比鹦鹉还有礼貌。

蜜蜜那边不久传来消息，剧组解散了。直接原因是男一号失踪。那天的戏，是男一号发现自己是财神转世，惊喜之余凭咒语拿到了许多钱财，等他开着宝马去找当了富豪情人的恋人，才发现恋人已失踪。按照后面的设想，这个不靠谱的恋人穿越到了唐玄宗后宫，要跟杨贵妃正式争宠。剧组人员都住在一家二星级宾馆。宾馆的老板是荀连生的初中同学，不光提供住宿，还提供免费早餐。男一号是特殊待遇，房间里还有个靠窗的浴缸，朝窗外望去，能看到烟波浩渺的涞河。确认男一号失踪之前，他们彻底搜查了他的房间，除了两双没洗的袜子，只有张便签。那张画着宾馆图案的便签安静地压在电话下面，上面只写了一句话：亲爱的导演，我去找玉皇大帝汇报工作了，祝你好运！

按照蜜蜜的意思，男一号走就走，大不了再换个演员，反正男一号来回穿越，穿着穿着鼻、眼被虫洞磨损变形也是情理中的事。荀连生也谴责失踪的男演员，说皮相一般，喝起酒来没够，演床戏时则过于敬业，将来肯定红不了，没啥大出息。蜜蜜觉得荀连生很有眼光，就提拔他当了导演助理。当他们重新踅摸男主时，女主也请辞了，她说她母亲患了重病，本来哥哥嫂子看护，可嫂子不久前怀了孕，家里缺人手，她只能回老家照顾ICU（重症监护室）里的母亲。蜜蜜和蜗牛开车把这位孝顺的女演员送到了火车西站，验票前蜜蜜又塞给她三千元。据蜗牛说，女演员当时泪如雨下，说等母亲病愈肯定连夜赶回剧组。她对女主和杨贵妃的宫廷斗争有更大胆的设想，到时会跟蜜蜜夜谈。蜜蜜听着听着又从车里拿了条香烟送她。这女主是烟鬼，两天三包点五的中南海香烟。

男主和女主都跑了，还拍个屁，蜜蜜打道回府，但临行前他特意叮嘱荀连生，要守住阵地，道具啥的先放在他们农业局仓库，评剧团的行头也先不要归还，尤其是龙袍和凤冠霞帔。他用了一句很老的电影语言表达他的豪情说，我胡汉三还会回来的。

老艾照例是包饺子，我照例坐地铁赶往蜜蜜的公司。也许不能叫公司了，一个员工都没有了。当我见到蜜蜜时，他正躺在沙发上打游戏。他更瘦了，坐起来时犹如黔灵山冬天的猴子。

我说，剧本我都等了小半年，也没等到。

蜜蜜打了个哈欠说，舅啊，根本没剧本，都是我想拍啥就拍啥。大导演不都这样吗？那谁谁啥的。

我想笑，没笑出来。我怕我会语露讥讽，赶紧换了话题。

那晚的饺子吃得也有些沉闷。没买龙虾，买的麻辣小龙虾。老艾将盘子塞到邹姑娘前面。老艾失业后急遽衰老起来。她的钢丝般的短发多日未曾梳洗，看上去犹如刺猬的盔甲，她拿着块抹布走来走去，结果厕所擦了好几遍，堆满手机膜的桌子上依然落满灰尘。她也不给老叶擦胳膊擦腿了。据老叶说，在睡梦中她的双手仍在空中不停地、有频率地抖动，像是位执着的指挥家，即便把散发着臭味的手机膜塞给她，她的呼噜声也不会响起，只在黑暗中浮起沉重的、带着哨音的叹息。老叶唯恐老艾精神出了问题，每日侦探般小心翼翼盯护她，以防止她从楼梯上滚下去、从阳台上摔下去，或者把那瓶快过期的安眠药吃下去，总之，事情的结果是，老艾还没有事情，老叶已经快疯了。我只好安慰老叶说，老艾不会有事的，只要蜜蜜安然无恙，老艾就永远是老艾。

吃到半截蜜蜜去接电话。金属半月板和被挑断又连上的脚筋让他走路的姿势宛若僵尸。老艾瞄我一眼，似乎有话要说。我正琢磨着是否私下里跟她聊聊，这时邹姑娘说话了。说话前她一直细致流畅地剥着小龙虾坚硬的外壳，时不时把沾满调料汁水的手指放进嘴巴里吧唧吧唧地吮吸。这个贪吃的姑娘扫了扫我们，擦了擦手说：我跟蜜蜜要结婚了。

我去看老艾、老叶，他们明显也是第一次听到这则消息，尤其是老艾，她的眼睛都快赶上巨鱿鱼的了。有那么片刻桌上鸦雀无声，似乎我们都被这个好消息给吓呆了。邹姑娘回头看了眼蜜蜜，说，你打个狗屁电话啊！她的声音掺杂着小龙虾的麻辣味，让我们终于苏醒过来。老艾的脸犹如在蜜罐里浸泡了半年，每条皱纹、每根眉毛、每块老年斑都散发出甜美的味道，她拉着邹姑娘的手问，你们……想好了？你爸妈咋说的？

我结婚跟他们有狗屁关系，又不是他们嫁人。邹姑娘舔了舔嘴唇说，我和叶密打算冬天结婚。

老艾拉着邹姑娘的手，舍不得放下，却也没再问什么，好像害怕问多了姑娘会改主意。这时老叶说，我还有瓶好酒，你们要不要尝尝？还没等旁人接话，老艾就嚷道，你个老古董！有啥好商量的！还不赶紧献上！小唐！你不是会做锅包肉吗？赶紧添个菜！蜗牛慢慢腾腾地说，大姨，我炒菜手快，你们别急，马上就出锅。

那晚除了花四十分钟将锅包肉煎煳了的蜗牛，

我们都没喝多。阿杰莉娜找了个新男友。新男友是某大学将要离婚的美学副教授。凡是能够说的，都能够说清楚；凡是不能谈论的，就应该保持沉默。我打算将那套《维特根斯坦全集》送给蜗牛。

十

我没想到邹姑娘会求我办事。他们单位打算搞一台消费者权益晚会，她写的脚本。她第一次干这种活，难免有些心虚，写好后让我帮忙审审。也许在她印象里，编剧都是写公文的高手。我没好意思推辞。说实话问题不少，有些话我觉得当面交流比较稳妥，便约她在蜜蜜家会面。她说，舅啊，下午领导就找我谈脚本。我们领导是个戴牙套的中年妇女，正处于更年期……我想在汇报前先跟你聊聊。既然她这么说了，我也就应了。坐了很久的公共汽车，又走了很远的路，才在约好的那家湘菜馆见到她。她不是个健谈的人，点了满桌子菜，没一个我爱吃的。她不停地用筷子翻弄着剁椒鱼头的眼睛。我知道那里的肉最鲜嫩。当我们交流完脚本的事，鱼头只剩下白色骨架，面条也被她呼噜呼噜地吃完。我还以为她只是对龙虾才有这么旺盛的食欲。谢谢你，舅，她打了个饱嗝儿说，这次时间太赶，下次我陪你喝酒。你喜欢白的还是啤的？我说，啥都行，啥都喝不多。她也没接话，低头看了会儿手机，而后抬起头漫不经心地盯着窗外的天桥。我想午餐可能要结束了。对于这位见面多次却宛如陌生人的未来外甥媳妇，我觉得沉默或许是最真诚的交流。

后来我也将目光甩向窗外。酒馆二楼跟天桥几乎持平，我看到天桥上有个老头坐在桥孔边侧，不时朝着行人磕头。也许不能叫磕头，他一条腿都没有。当他从地上抬起双臂接过路人递过去的钱币时，露出没有门牙的牙龈傻笑。这老头不是骗子，邹姑娘说，骗子大多数人都能一眼瞅出来。我说是吗？

邹姑娘说，当然，除了叶密。她笑了笑。她笑的时候还是挺耐看的，有两颗不对称的虎牙。她说，你外甥傻得很，有回我们过天桥，碰到个身强力壮的小伙，穿着身运动服乞讨。他自称是自行车运动协会的会员，这次骑行的路线是从佳木斯到深圳，可半路不慎被偷了钱包，身份证、银行卡全部丢失，他饿了一整天了，哪位好心人要是资助他点钱财，他感激不尽，等他补办完证件，会将钱从微信上转账。然后呢？我看着邹姑娘问。她吐了吐舌头，叶密当场甩给他三百元，还说，哥们儿，赶紧吃口热乎饭去吧，甭还了，谁他妈没倒霉时候？你看，你外甥就这么傻，弱智儿童，不过……邹姑娘用牙签剔着后槽牙，慢声细语地说，男人傻点，对老婆肯定错不了，是吧，舅舅？她犀利的眼神探过来，我只好郑重地点点头，心里却暗笑，蜜蜜在我眼里像一个小泼皮，没想到这姑娘觉得他老实。

过不多久老艾来学校找我。我正在宿舍收拾行李，课业快结束了。我不知道是继续留在这里，还是回我曾经无比厌弃的云落。我和她仍坐在体育馆的看台上，俯瞰着椭圆形草坪。老艾说，她打算和老叶回老家。蜜蜜的公司破产了，房子也退了。我半晌儿才反应过来，问道，那房子……难道不是蜜蜜买的？老叶拍了拍我脑门儿说，你个傻孩子，他哪里有钱在北京买房？租的，月租一万五千元呢。我沉默了会儿，那他结婚怎么办？住哪里？邹姑娘知情吗？老艾说，这姑娘啊，真不简单，知道蜜蜜房子是租的，只说了句，没事，住我爸那儿好了，让我大姑回家歇着。你说她到底图啥？她妈呢？她妈不是个厉害角色吗？老艾紧张地左右逡巡一番，小声说道，哎，小邹没敢跟她妈提这茬儿，瞒着呢，可瞒过了初一，能瞒到十五？这小邹啊，老让我摸不着她的经脉，我这当婆婆的，心里慌着呢。

老艾还跟我商量，打算秋后回云落县城开店，专门卖烧鸡，烧鸡的名字都想好了，就叫“蜜制烧鸡”，要跟赵家的叫叫板，看谁的味道更正宗。我说你都三十年没熏过烧鸡了，手艺早废了吧？她“嘁”了声，好歹年轻时熏了千八百只烧鸡，咋会忘？我想开了，蜜蜜在北京混得不易，我跟老叶赚点钱，供他东山再起。说到“东山再起”四个字时她拍了拍自己的大腿，又拍了拍我的大腿，郑重得很，好像家里真藏着一个末路英雄一样。我说，开店也要钱，你们手头够吗？老艾摇了摇头，她脸颊旁的钢丝一下子变密了，眼睛茫然地盯着足球场上奔跑的球员，半晌扭过头盯着我说，借，你忘了？咱家亲戚多，掰手指头数数，光表姐表妹堂姐堂妹连姐连妹，就有十三个，一家借五千元，十三家是多少？六万多元呢！

那天，我开着蜜蜜的车拉着老艾和老叶回云落老家。本来蜜蜜也要回，可邹姑娘怀孕了，妊娠反应强烈，两口子去了医院。老艾跟老叶回家的目的极其明朗，就是跟亲戚们借钱。老叶有点晕车，玻璃窗没有关严实，能听到呼啸的风声。我听他俩不停嘀咕着。老艾说，跟四舅家的二姐少借点，二姐夫小脑萎缩，去年夏天把农药当雪碧喝，住了半个多月医院呢，命差点没了，老叶沉吟着说，三千元；老艾说，三舅家的三妹，男人得了癌症，住院化疗借了一屁股债，老叶说，免了；老艾说，大姑家的大姐，孩子在深圳开公司，大姐夫在施工队当泥瓦匠，没啥缴费，老叶“嗯”了声，一万元；老艾说，五妹家的房子拆迁，闹了三套房，听说刚卖掉一处，老叶想了想说，两万元……说着说着，老艾忽然冒出一句，不晓得王如云那丫头到底跑哪里去了。老叶脸一黑道,提她干啥!还等着她把你儿子手筋也挑了吗?!老艾诺诺道,你最近肝火挺旺啊,蜜蜜没跟你说,他的银行卡昨天收到笔转账?不是小数目,十万元。这个账户啊,以前是他跟王如云合用的,连小邹都不知道。老叶沉默了会儿说,要真是她的钱,赶紧给我退回去!老艾叹息了声,嘟囔道,王如云干活可真是把好手,那大手,丝瓜瓤子似的……

老叶不吭声了。

车过香河时,老艾慢悠悠地说,弟啊,只有过了香河,我这心里才踏实些,像老做梦的傻子,激灵下就醒了,你说怪不怪?我刚想跟她开个玩笑,手机响了,是那个导演打来的。我跟他有些时日没有联系了,他的声音听起来既熟悉又陌生。他问道,兄弟,你有护照吗?我说,我还从来没去过外国呢。他说,那赶紧办个，下个月你陪我去趟韩国。我说，去韩国干吗？他说，我们见一下制片人，你忘了吗，是韩国人投的资。我这才想起那个还没来得及写的剧本——里约热内卢的韩裔哲学家以及黑帮秘史。我咳嗽了声，说，我哪里也去不了啦，打算回老家跟亲戚合伙做点小生意，不搞编剧了。他说，你开什么玩笑，这时候撂挑子？我们这部电影将来是要送戛纳电影节主竞赛单元的。我知道他没有说谎，多年前他确实拿过一次戛纳奖。不过，我在呼呼的风声中听到自己说，我真的要跟俺姐去卖烧鸡了，你再找找别人吧大哥！对不住了。

放下手机，老叶、老艾疑神疑鬼地盯着我。我说，我也做一次维特根斯坦。老艾说，你说啥？我冲她傻笑了一下，说，我可以借给你们三万元。老艾脸红了一下。其实他们两个脸皮都很薄，一生还从没借过钱呢。当车开到关镇服务区时,老艾忸怩着说她要撒尿,快憋不住了。我就停了车,跟老叶溜达到屋檐下闷闷地抽烟。老艾矮矮的,跟个没长开的倭瓜似的,扭摆着朝洗手间小跑。她的背影跟我母亲极为相像,我不禁喊了嗓子,老艾!老艾!老艾就转过身朝我们笑了笑。说实话,都奔六十岁的人了,笑的时候,还那么羞涩。

已知世界、想象力与小说

作者 张楚

已知世界，我们的日常生活，我们的现场，我们的伤心之地或福祉，总是让我们不自觉地在小说世界中复制或张扬，而我们建造小说城堡时，我们不单单要书写已知世界里的“已知世界”，还要书写已知世界里的“未知世界”。

已知世界考验的是我们对事情的回溯、观察、去表取质的能力，也考验我们对这个世界的认知能力和表述能力。即便是书写已知世界，写作者也会感觉到力不从心，这种力不从心会让写作者沮丧，因为最基本、最细微的技术产生的障碍往往会让写作者更为紧张不安。无论是巴尔扎克、福楼拜还是托尔斯泰，他们描摹世界的能力让我感到惊讶和震撼，他们总是貌似轻易地就将事物的细节、光影的关系处理得仿若写实油画，而当事物被描摹、被虚构时，又能派生出类似玻璃毛边的质感。

描写已知世界是最基本的写作技能，而准确、简洁的词语连接到一起时产生的膨胀感和宿命感似乎也是公认的写作条规。当然，这并非是说我们只需要短句，要去除形容词和副词，类似普鲁斯特和福克纳小说中的复句其实更加考验写作者的智商和通感能力。而描写已知世界时,视角也是一个不容忽视的问题,当全知全能的上帝视角被我们视为腐朽和低端时,有限视角的运用让我们不得不舍弃懒惰的叙述,从而掌控一种既要束手束脚又要表现得自如舒展、优雅从容的能力。

对未知世界的描写似乎更加依赖我们的想象力。当我们想象他者的生活时,我们既获得了一种创造的权利,同时又担负了道德限制的义务。我们不能轻浮地、功利性地去想象他者的世界,而是要在符合生活逻辑的最大范畴内还原他者的生活。

而我们在阅读当下的中国小说时，常常会发现写作者不经意间对他者的想象力既僭越了生活逻辑，也僭越了小说逻辑，我们很轻易地就抛弃了想象力的道德约束，变成了一个背德者。当我们兴致盎然地构建情节时，往往忽略了对他者的尊重，这种不尊重不仅体现在构建能力缺失，也体现在写作者思维方式的陈腐与惰性。纳博科夫认为，艺术生产与艺术想象是对他人意识的戏仿，戏谑的背后是对他人存在的深刻共情，而不是将真实的生命作为文学形象的拙劣刻写与复制。艺术家必须创造出不为个人私欲所主宰的形象，否则人类的幻想只会发挥出独断专行的负面力量。虽然纳博科夫的观点跟他在小说中的实践多少有些背离与出入，但是我觉得他真实地道出了小说与想象力的关系，那就是，当我们在想象已知世界里的"未知世界"时，我们面对的不仅仅是他者的心灵，更是自我的灵魂图谱。

《过香河》这篇小说，它有我对已知世界的日常描述，在这个描述过程中，我时常感受到一种放肆的快慰，因了这种快慰，我不得不中途停笔半月——我怕过于顺滑的叙述会诞生油腻感——已知世界里的"已知世界"，充斥着油盐酱醋茶，我从来都认为，其实每个写作者均对这个描摹过程充满了警惕。当然，这篇小说也有我对已知世界里的未知部分的盲目创造，它涉及微弱的想象力——过于强盛的日常生活会将一切飞扬的动力涂抹上锈痕，这关乎我们对日常生活道德的遵从，也关乎我们懦弱的天性。

这篇小说的名字，是聊天时王继军兄想到的。当我偶然提到这个动宾词组时，他说，这是个不错的小说题目。他说话慢声慢语，仔细辨听，又似乎充满了某种不确定的确定性。

异乡人

作者 张楚

从老家去北京，要路过香河，过了香河，再过西集，就算入了京城。西集检测站有繁复的检查程序，在长途车上往往睡着，猛然被吵醒，定是司机喊大家下车排队安检。等鱼贯上车，从窗户看着一闪而逝的高速护栏、护栏外的白杨、田野、溪流和房屋，感触瞬息就不同，没错，这是北京的白杨树，这是北京的田野了。

坐长途汽车时，会遇到形形色色家乡的人。有加拿大籍滦南人，他孤身去北京机场回返;有打工的高挑姑娘,画着浓重的眼线;有建筑工地的小伙子,一直看快手直播的胖女人吃猪头肉;有去照看孙子的农妇,网兜里装着本地特产的烧鸡。我还在长途车上遇到过国税局的前同事，女同事是发小姐姐，带着在澳洲留学的女儿去北京大学牙科医院镶牙,男同事是我的老领导,我喊他“叔叔”,叔跟婶移居北京多年,他闲不住,替朋友管理着多家快捷酒店。

这些年,从滦南去北京的长途大巴上,人越来越挤,票越来越不好买。我很疑惑,每日里这么多人，都跑北京干吗？我也知道,我的一些朋友跟亲人,在那里生活着。

比如我的初中同学，我们是要好的哥们，都喜欢文学，可高中毕业后就彻底失联，二十年后重逢，他娶了北京姑娘，定居延庆，有个天使般的女儿，他没再写小说，而是开了家公司，专门运营留学出国事宜。比如一位朋友，在县城里写散文打零工，后来到北京做书商，现在是业界翘楚。比如我的妹妹，大学毕业后在顺义房地产公司当文秘，妹夫是中介公司人员，我去北京，想招呼他们两口子吃饭，可两厢距离遥远，竟从没聚过一次，都是过年时在村里喝顿酒。比如我的外甥，从一座城到另一座城，最后落脚北京，干过杂七杂八的事，挣着不多不少的钱，谈着深情或浅白的恋爱，把日子过成传奇……有次我在地铁10号线上碰到位女人，她的背影跟母亲很像，举着手机说滦南话，声音颤抖，音色竟跟母亲也相似，我知道那绝不是母亲，可还是忍不住挪到她对面。她拎着的塑料袋里装着两棵白菜，泪水源源不断地从她浮肿的眼泡里流下来，打在衣襟上。我不知道她遇到了何事，那一刻，我的确有种把她拥抱在怀里的冲动，我想轻轻拍打她宽厚的肩膀，哪怕不说一句话。当然，我只是想了想而已。

而北京，这个打小就在歌谣里咏唱过、憧憬过的都市，于我而言终归是陌生的，哪怕我无数次钻入它的肺腑暂居或旅行。它巨大、古老，街道宽阔肮脏，夏天漫长油亮，所有的树叶都闪烁着金币般的光芒，它也坦荡自由、宽容厚重，即便是寒冷冬夜，脚下积雪的咔咔声也能安慰那些灵魂蜷缩找不到归路的夜行者。我知道我对它的理解是浅薄的，甚或是稚嫩的，我也知道我对它谈不上热爱，但睡在干燥午夜，也能孵出几段美梦。我喜欢跟朋友在北京的小酒馆里喝酒，我喜欢喧闹的声音，尤其是酒杯相撞时啤酒泼洒出来的声响，我也喜欢在路边摊撸羊肉串时，醺醺地闻着美女路过时遗下的香水味道，是的，掺杂着膻味和月季花甜味的香水味道。这一切,都降落在我想象出来的无边无际的海面上。

有次大雪，我跟姐姐、姐夫吃了涮羊肉,喝了二锅头,饭后我打着饱嗝儿与他们拥抱辞别,晃晃悠悠踏上地铁,等出了地铁站，才想起那条又厚又暖和的黑围巾落在了座位上。我有点失落,目光巡游间,发现街角的灌木丛前有个龟裂的红色单人沙发。它安静地坐在雪天里，犹如孤僻的老人。我在沙发上靠了会儿,我没有睡着,太冷了,只是闭着眼睛,任雪花落上鼻翼。有那么片刻,在那个漫天飞雪的傍晚,在沙发里，我想到了家乡的那些人，熟的或不熟的，亲的或不亲的——此刻的他们，都猫在哪疙瘩呢？他们，在这大雪淹城的晚上，会不会想起白菜顶着雪、芦花鸡飞上墙的故乡？反正我是想了，我恍恍惚惚地对自己说，哪天，也要写写他们的故事。他们的故事肯定不好看，但肯定真实，就像雪地里这只无主的旧沙发。